本书获
2021年贵州省出版传媒事业发展专项资金资助
贵州出版集团有限公司出版专项资金资助

《中国少数民族文学纵览丛书》

编委会

白庚胜　叶　梅　主编

中国少数民族文学纵览丛书

ZHONGGUO SHAOSHU MINZU WENXUE ZONGLAN CONGSHU

白族文学

黄　玲　编著

贵州出版集团
贵州民族出版社

图书在版编目（CIP）数据

白族文学 / 黄玲编著 . — 贵阳 : 贵州民族出版社 , 2023.12

（中国少数民族文学纵览丛书 / 白庚胜，叶梅主编）

ISBN 978-7-5412-2768-4

Ⅰ . ①白… Ⅱ . ①黄… Ⅲ . ①白族—少数民族文学—文学研究—中国 Ⅳ . ① I207.952

中国国家版本馆 CIP 数据核字 (2023) 第 118830 号

中国少数民族文学纵览丛书

白族文学

BAIZU WENXUE

黄玲　编著

出版发行：贵州民族出版社

地　　址：贵州省贵阳市观山湖区会展东路贵州出版集团大楼

印　　刷：贵阳精彩数字印刷有限公司

版　　次：2023 年 12 月第 1 版

印　　次：2023 年 12 月第 1 次印刷

开　　本：787 mm × 1092 mm　1/16

印　　张：11.25

字　　数：140 千字

书　　号：ISBN 978-7-5412-2768-4

定　　价：88.00 元

流芳天雨

白庚胜

有人说，少数民族文学是中国文学汪洋大海的一域；有人说，中国语言艺术的百花园少不了少数民族文学的精彩纷呈。但是，如果没有航船的引渡，大海将永远只能是一片蓝色的模糊；假使不借助脚力去踏青，百花园注定永远只会是一方浪漫的朦胧。而这，对惯于仰观天文、俯察鸟兽虫迹以探究奥秘的人们来说，白帆、绿岛，微澜、巨浪，飞鸟、潜鱼又有何意义？对乐于赏心色香、悦目形姿、陶醉于自然美的人们而言，曲枝、虬蔓，金蕊、银瓣，蝶舞、蜂鸣又怎么能够让人心领神会？

多年来从事少数民族文学工作的经验告诉我们：在感动于少数民族文学的博大、浩瀚、辽远的同时，我们需要阅读的航标、审美的罗盘、创意的灯塔，告诉人们什么是源、什么是流，什么是宗、什么是派，什么是经典、什么是大家，而不是迷失于海屿般的芜杂、海风般的无定、海浪般的紊乱。我们必须去褒贬，有所坚持，有所引领，有所鉴赏，有所批评，不可任毒草恶花混迹于精神园地，导致国色天香得不到彰显。同时，我们也亟须回应处于知识爆炸、高速运转、快节奏工作生活背景下的一般爱好者渴望得到细读、静读、精读后依循少数民族文学“导游图”按图索骥的期待，使其华彩能有精彩的瞬间呈现，使它的传播、普及、共享更为简便、快捷。

怀着这样的初衷，我们于2019年开始创意组织编写一套《中国少数民族文学纵览丛书》，期待着轻松、精准把握少数民族文学之精彩成为可能。在得到贵州出版集团、贵州民族出版社的鼎力支持后，我们便致力于为此制订科学的方案，确定可行的路线图，组织强有力的工作班子及写作队伍，用较短的时间，便有了初步的收获，并渐入佳境，现已迈入鸣金收兵的阶段，即将了却一段我们的情缘。

这套丛书不单纯追求学术著作的严谨、沉稳，也不单纯追求文学赏析的自由、灵动，而是试图将二者结合起来，使轻松阅读与学术精深相融合，以优美的文笔诠释文学经纬。在这些文字之中，渗透着许多文学工作者的责任、使命、担当，更有许多专家学者的智慧与心血，以及各民族乃至整个中华文学的自觉、自信。这套丛书通过理性的遴选、精准的点评、清晰的梳理、明丽的表达，基本展示了我国少数民族文学的本真而不是虚像，深化了对各自所具有的社会历史作用、文学价值和意义的认识，对共同肩负的文化审美责任、义务、权利作再审视，所唤起的是为丰富世界文学画廊而努力的无限激情，为祖国、为人类进步事业而不断奋斗的强大力量。

如果说，所期许的确立作者以各民族权威专家为优先、文体以文化散文为要、文风以春秋笔法为范、内容以文学为主以相关历史文化为辅、对象以作家作品为核心兼顾口头文学、时间以现当代为重等目标在最终成果中得到体现，那么，我们所祈愿的寓知识性、可读性于一体的想法就如愿以偿。这足以令业内外、国内外读者一睹中国少数民族文学基本风貌、成就、方向为快，让他们在阅读中有本可依、有迹可循、有秘可探、有美可赏、有知可求、有真可鉴、有实可得。若果真如此，那么，我们将足以自慰，并对于启动这项旨在展示精彩、促进理解、扩大交流、实现共享、推动发展的工作感到无怨无悔。

需要衷心感谢的是，我们团队的精诚团结、无私奉献；所要期待的是，亲爱的读者们能一书在手即全局在胸。衷心祝愿中华民族大家庭繁荣昌盛、文学之树长青。

目　录

绪 言

白族，是一个美丽多情的民族，2020年第七次全国人口普查数据显示白族总人口为2 091 543人，主要分布在云南、贵州、湖南等省，其中以云南省的白族人口最多，主要聚居在云南省大理白族自治州。此外，四川省、重庆市等地也有白族人口分布。

白族文学是中国文学大花园中的瑰丽花朵，由民间文学和作家文学两部分组成。

白族民间文学是一个丰富的宝库，它风格独特，体裁多样，有神话、传说、故事、寓言、童话、笑话、古歌谣、白族调、对口山歌、史诗、叙事诗、谚语、谜语、祭文、四句调等。

白族民间文学中，数量众多的神话故事代表作品有《开天辟地》《日月从哪里来》《人类和万物的起源》《氏族的来源》《大黑天神》等。这些神话故事想象丰富，反映了白族先民对自然和人类自身的朴素认识，白族聚居区也因此享有“神话之乡”的美誉。

白族传说故事题材多样，从山水草木、风景名胜到历史事件和历史人物，广泛呈现了白族的历史和现实生活。它们大多以歌颂真善美、揭露假恶丑为追求，展现了白族人民热爱祖国和家乡的家国情怀，同时也体现了他们对美好生活的向往与追求。白族人民独特的风俗习惯、民族心理，也在民间文学中得到生动地呈现。《三月街的来历》《火把节的故事》《蝴蝶会的传说》等作品，就是其中的代表。

白族民间歌谣犹如一条浩瀚的长河，千百年来滋润着白族人的精神园地。它形式多样，可以分为古歌谣、民歌、叙事长诗等。古歌谣是白族民歌中产生时间最早的，它词句简单，形式古朴，却真实、生动地反映了白族先民的生产生活状况。白族史诗主要通过“打歌”（即唱挽歌）的形式演唱和传承。打歌至今仍流传在一些白族地区的村寨。白族民歌，又称白族调，白语称 berpkv（意为“白曲”），是白族聚居区普遍流行的一种民歌形式。白族民歌有着深厚的群众基础，不少白族人都能做到张口成诗、出口成调。凡是民族节庆盛会，青年男女谈情说爱，都可以即兴演唱。白族民歌有比较固定的乐曲，格律严谨，体裁富于变化，可独唱，亦可对唱，唱时大都用三弦琴伴奏。白族调一般用白语唱，有些时候也用汉语唱，是一种有着独特民族风情的民歌形式。叙事长诗是白族民间文学宝库中的奇葩。其中具有代表性的是一种区别于白族调的长篇民歌体——本子曲，它主要流传于大理、剑川、洱源、云龙等地的白族村寨。

随着时代的发展，白族民间文学也有着新的变化。一些新的生活内容不断进入民间文学作品，体现出白族人民对美好生活的向往和创造，比如红色歌谣、集体劳动歌谣、新民歌等，就极富时代特色。

民间文学是白族作家文学的沃土，滋养着一个民族的精神和心灵。丰富的白族民间文学，为白族作家文学的诞生和发展提供了肥沃的土壤。

明清时期，大理一带出现了一批优秀的白族文人，他们把唐诗当作典范，自觉学习唐人的创作，创作了一批优秀的诗歌。杨黼、杨士云、李元阳等在诗歌创作上都有极高的成就。还有一批生活在乡村的家族群体诗人，他们也创作了大量同情民间疾苦、反映现实生活的诗作。著名诗人有师范、王崧、赵廷玉、赵廷枢、周馥、龚渤、龚锡瑞、苏竹窗、李于阳、赵辉璧、杨履宽、谷梅桥、马曜等数十人。其中龚氏和赵氏家族诗群的出现，以及辛亥革命后爱国主义诗歌的诞生，标志着白族诗歌创作进入新的发展时期。

但是一直到近现代，才开始出现散文诗、小说、报告文学等文体。

历史进入现代，一批白族文人的出现，对现代白族作家文学的孕育和发展起到了重要的推动作用。白族作家的身影开始在历史的天幕上闪射出耀眼光芒。在国家危亡之际，一些白族作家投身于时代浪潮，用文字呐喊，体现了他们对国家对民族的历史责任感。赵藩、赵式铭、徐嘉瑞、陆晶清、马子华、张子斋、罗铁鹰等人的名字，为白族文学增光添彩。中华人民共和国成立后，更是有大量作家作品开启了白族当代文学的新篇章。杨明、杨苏、晓雪、张长、那家伦等一批优秀的作家在诗歌、散文、小说、影视剧本等领域大显身手，为中国当代文坛奉献出很多优秀的作品，很多作品获得全国性的各类文学奖项，大大丰富了中国当代民族文学的审美内涵。

改革开放以来，随着社会的发展进步和民族文化的繁荣，更多的白族作家亮相文坛，他们用手中的笔书写时代，参与历史的发展进程。白族作家队伍空前壮大，出现了几代作家同堂写作的可喜局面。诗人晓雪等老一辈作家宝刀不老，新作不断；何永飞、冯娜、李达伟等一代青年作家新作频出，获奖连连。白族文学的历史，犹如一条奔涌的长河，源远流长，波涛滚滚，浪花飞舞，吟唱着一曲曲时代的赞歌。

神话世界

白族神话与其他民族神话一样，是人类早期用幻想的形式对自然、宇宙所作的拙朴的解释和描述，反映出古人对天地、宇宙和人类由来的原始观念。它一般会追问：世界起源于何时？天地如何开辟？人类从何而来？对每一个民族的先民来说，它们都是一些大胆的追问。关于天地的开辟，每个民族也都有自己的思考与解释。我们来看看白族先民如何解释这些重大的问题，如何看待世界的起始。

开天辟地神话

白族创世神话有《开天辟地》《人类和万物的起源》《日月从哪里来》等，此外，还有《草白王放羊》《五谷神王》等讲述白族先民生产生活等内容的神话，前者讲草白王教人驯养家畜；后者讲五谷神王取来五谷之种，教人开荒、播种、栽种和收割。这些神话，赞美了白族先民开天辟地、改造自然的英雄业绩，同时也生动地反映了白族先民的宇宙观，很多神话已经具有朴素的唯物主义思想。

白族非常古老的民间作品《创世纪》以“打歌体”的形式存在数千年，它也是一部优秀的民间长诗，它的内容反映了白族先民的世界观和宇宙观。《创世纪》中有专门叙述“天地的起源”的内容，它描写了宇宙的再生，认为宇宙是在毁灭中诞生，而且与汉族古代神话《盘古开天地》有异曲同工之妙。《创世纪》讲述在洪荒时代，大地上的树木和石头会走路，飞禽走兽会说话，没有高山和大海，也没有贫富之分，人们能活到几百岁。以砍柴为生的盘古和盘生两兄弟有一天到庙中王家去算命，庙中王告诉他们砍柴不如钓鱼。于是兄弟俩便到金沙江钓鱼，结果钓上一条红鱼，竟是龙王的三太子。龙王不见三太子，便四处寻找，恰遇盘古、盘生两兄弟在街上卖红鱼，便出三百六十文钱买回了三太子。龙王得知他们两兄弟是受庙中王指点才去钓鱼的，便也去向庙中王问卜，问他今年雨水怎么下。庙中王算出城内下两点，城外下三点。龙王故意反着行雨，让城内下三点，城外下两点，结果洪水泛滥，天崩地裂，人类万物都被摧毁了。盘古和盘生一生气，将龙王捉来砍了头，龙王死后变成了彩虹。

流传于云南洱源西山一带的神话《开天辟地》讲述，很久以前世上只有盘古氏和盘生氏。那时没有天和地，他们就造了天和地。天地造好了，但一片漆黑，什么也没有。盘古只能睡在地上，他的一只眼睛变成太阳，另一只眼睛变成月亮，肉变成泥巴，骨头变成岩石，牙齿变成星星，头发、眉毛、汗毛变成树林草木，肠子变成江河，身上的汗垢变成人类和野兽，身上的一百滴血则变成了一百家姓氏不同的民族。在这个神话传说中，盘古氏是开天辟地的始祖。

《创世纪》和《开天辟地》的主要人物和情节，都与汉族的《盘古开天地》相似，说明白族和汉族的文化交流已有相当久远的历史。

历经沧桑的白族创世神话，体现了白族先民对宇宙万物的思考，以充满稚拙的思维方式解释他们对于世界的看法，为后世留下了珍贵的资料。

日月星辰神话

在白族《创世纪》中，天地经历了毁灭性的灾难之后，盘古变成天，盘生变成地。一对兄弟变成了天和地，从中可以感受他们之间的亲和关系。

可是地比天大，便将地缩小，皱起的地方成了高山。

盘古、盘生后来化身为木十伟（白族神话中的人物），木十伟再将自己的左眼变成太阳，右眼变成月亮，牙齿变成星星和石头，眉毛、头发和汗毛变成竹子、树木和草，气变成风，肌肉变成泥土，手指、脚趾变成了飞禽走兽……

在白族的神话传说中，木十伟是盘古和盘生两兄弟的化身，也是他们的合体，还是白族创造万物的始祖。这体现了白族先民丰富的想象力和创造力。

还有其他白族神话传说，也记载着白族先民对宇宙、天地变化的想象和思考。白族创世神话《人类和万物的起源》中，又有另一种解释："在远古时代，世上没有人类和万物，天和地连在一起，是个黑咕隆咚的混沌世界""在天和地中间，夹着一片无边无际的大海，海水像滚烫的开水，一刻也不停息地翻滚着……一天，海水喷潮，潮水吼啸着，直往天上冲，把天冲开了一个大洞。潮落后，从天洞里冒出了一大一小两个太阳来……两个太阳在天上撞呀碰呀，撞出的火星飞迸出去粘在了天上，变成满天星斗；两个太阳在天上撞呀碰呀，小太阳的外壳撞破了，脱落下来，被钉在天上，变成了月亮……"

这个传说的想象力更加丰富，体现了远古人类拙朴的思维，也体现了白族先民对宇宙起源的想象。他们认为宇宙的早期是混沌的，宇宙有一个演化的过程，宇宙的演化有个起点，宇宙的演化过程是由无序（混沌）向有序发展等。不能不令人赞叹，正如在《人类和万物的起源》中的"月亮跟着太阳转，星星绕着月亮行"。对于古代的人们来说，白族的这种宇宙观已经具有一定科学价值。

人类起源神话

人类从哪里来？这是每一个民族都会思考的问题，只是每一个民族的解读不完全相同。

白族《创世纪》中专门有一节讲述人类起源的内容，是关于人类起源的故事。虽然木十伟变成了万物，但是大地上没有人类。后来在大理海子里发现了观音藏着人类的金鼓，老鹰将金鼓抬到海子边，老鼠从金鼓里取出人类。但是取出的是一对连体的兄妹，只好请燕子将他们分开。开始兄妹俩不愿意结成一家，经过烧香、向河里丢棒和滚磨盘三次占卜，他们才答应成婚。他们结成夫妻十个月后，妻子生下一个皮口袋，袋里有十双儿女，十双儿女又生了很多儿女，从此才有了人类。“他们各立一地，从此有了百家姓。”他们有的向啄木鸟学习挖地种庄稼，成了农神；有的向燕子学习筑巢，成为木神；有的向夜莺学习歌唱，成为歌神。《创世纪》将远古的创世神话与洪水神话有机连接在一起，通过天真奇特的幻想，反映了白族先民对自然界拙朴的认识；同时还通过对兄妹成婚过程的描述，反映了古代白族的风俗习惯。

白族神话《人类和万物的起源》中也有对人类起源的解释。神话中说，在远古时代，世上没有人类和万物。而且天和地中间还隔着大海，后来从天上冒出一大一小两个太阳，相互追逐碰撞，小太阳被撞落入海，被海底的大金龙吞进腹内，大金龙将小太阳变成一个肉团，然后肉团从龙腮中迸出来。肉团撞在螺峰山上碎成无数肉片、肉丝、肉末，变成云朵、树木、花草、飞禽走兽、鱼虾龟鳖等。未碎的小肉团则炸开成两半，左边一半变成女人，右边一半变成男人，前者白语叫“劳泰”（女始祖），后者白语叫“劳谷”（男始祖），从此世上有了人类。因为世上只有他们俩，于是劳泰和劳谷结为夫妻，住在山洞中，以白茅野菜充饥，用树叶和茅草围身。他们一胎生出女儿和儿子各 10 人。女儿名字用白语分别叫“雌吾”（红云）、“舍忽朵”（鲜花）、“锁虚”（山泉）、“害脑星”（星星）、“圭忽”（桂花）、“班卓芝”（白鸟）、“吉盖”（金鸡）、“亨老”（黑虎）、“谷卓”（弓弩）、“几米然”（闪电），儿子名字用白语分别叫“岛锁”（大山）、“巨鲁王”（雄鹰）、“岛召困”（大石头）、“岛稿”（大海）、“毕什”（风）、“亨卓枝”（黑雀）、“舞奴”（黄龙）、“弗整”（栗子树）、“亥特”（打雷）、“细肝飘”（心肝宝贝）。劳泰、劳谷叫十双儿女配成夫妻，各自搬到一个地方居住。这些儿女又生儿育女，相互婚配，一代一代繁衍生息，于是在螺峰山出现十个部落，建立起十个大村寨，形成一个勇敢、勤劳的民族——白族。

不同的传说，都涉及原始婚姻、民俗风情等问题。

在另一个传说《兄妹成亲和百家姓的来历》中，洪荒时代，天水相连，到处一片混沌。神人木十伟以自己的躯体造出天地和日月，把天与地分开，然后再造人类万物，请老鹰把漂在海面上藏着人类的金鼓叼出来，又请老鼠咬开，救出人类伏羲和娃妹，叫他俩成婚以繁衍人类。他俩生下十男、十女，慢慢发展为百家姓。

创世神话反映了白族先民怎样理解自己便怎样理解外物。在丰富多彩的神话中，创世神话以其能表现人类原初的思维本质而备受人们关注。

民间歌谣

白族民间歌谣，主要有“白族调”“对口山歌”“打歌”“歌谣”和儿歌等类别。它们都是白族人民在长期的劳动实践中创造的，饱含生活的经验和审美的愉悦感，同时又对生活起着滋润和辅助的作用。在漫长的历史岁月中，它们是民间生活不可缺少的精神食粮。

在白族民歌中，最受群众喜爱而又流传较广的是白族调，其中又以大理、剑川和洱源西山的白族调最有代表性。这类民歌多在山野、田间演唱，既可伴随栽秧、打柴、放牧等生产活动，亦可用于男女相互倾诉感情，大都节奏自由、曲调悠扬、气质粗放，有着浓郁的山野风味。其中的剑川白族调又常在三弦的伴奏下，用以演唱长篇叙事诗。

创世歌谣

《创世纪》是白族“打歌体”韵文文学中最古老的作品，也是白族文学史上最早的一部优秀长诗，在白族聚居区广为流传。它以白族民间“打歌体”为传演形式，采用一问一答的方式，是集诗、歌、舞于一体的古老的艺术表现形式，主要在节日、庙会、婚礼时进行。

目前现存的有两个版本：一个版本是收录于大理白族自治州鹤庆县的白族创世史诗《达博劳谷与达博劳苔》，民间又叫《古干古洛创世纪》，文本也叫《人类和万物的起源》；另一个版本则是采集自洱源县西山乡地区的白族《创世纪》史诗。

《创世纪》独具一格，全诗400多行，分为“洪荒时代”“天地的起源”“人类的起源”三部分。《创世纪》反映了白族先民对宇宙万物的朴素唯物主义看法，在艺术上则以童话般的语言和幻想，表现出人类早期文学朴素、天真的独特魅力。它不仅是讲述世界和人类起源的“创世纪”，而且也是白族文学的“创世纪”，在白族文学中有重要的地位。

流行于大理白族自治州鹤庆县的创世史诗《达博劳谷与达博劳荅》。这部史诗将近2 000行，主要流传于鹤庆、剑川、丽江的白族群众中。每逢农闲、本主集会、结婚、节日，都要表演这部史诗。表演时的场景非常有趣，由一个头饰鸟羽、手敲锣鼓的领歌头人带队，其余参与者尾随其后，围绕篝火，载歌载舞。

史诗除“歌头”和“歌尾”外，共有五支歌。前三支歌，主要描写了人类始祖达博劳谷和达博劳荅一家开天辟地，以及他们走向世界去寻找幸福的艰苦历程。史诗不仅在主题、题材、艺术表现等方面别具一格，而且对研究白族的信仰、民俗等方面有重要的价值。“人类始祖的十双儿女，为学本事去远方，为寻幸福去天涯，历尽千辛和万难。”“达博劳荅怀中的小石子，揣满了九千个的时候，达博劳谷在岩壁上，刻了九千条石痕的时候，十双儿女在同一天，一齐回到了螺峰山上。”人类始祖让自己的十双儿女去远方学本事，体现了始祖长远的目光和宽广的胸怀。儿女们也不负父母的期望，学到了很多生存的本事。比如有的学会了制作石刀和石斧，有的学会了砍伐，有的学会了耕种、烧荒……

“毕什把包谷种播在东山上，圭忽把荞麦种撒在西山坡，达博劳谷把豆种播在南山，达博劳荅把麦种播在北坡。兄妹们你帮我、我帮你，把稻子栽种在岩洞前。”十双儿女用学到的本事，在家乡的土地上种下粮食和生存的希望。

“过了七十七天，东山包谷黄灿灿，西山荞子沉甸甸，南山蚕豆咧嘴笑，北山麦子压弯腰，洞前黄谷比人高。”史诗中描述了远古人类对美好生活的创造和期望。在那个时代，劳动和生存的关系如此密切。

亲自参与搜集整理工作的著名白族学者李赞绪认为，白族创世史诗对白族人的影响是深远的。其一，史诗表现了白族先祖的宇宙观。在他们看来，世界是物质的，是运动着的，不管是天、地、海洋，还是万事万物，都是物质构成的，是变化着的，人类的始祖也是由肉团变成的，这与上帝造人、菩萨下世有很大不同。其中透露的观点是，人类困难是可以克服的，人的衣、食、住、行都是可以创造的。这是一个民族繁衍和发展的思想根基。其二，史诗表明，白族的本主崇拜和祖先崇拜密切相关。达博劳谷和达博劳苔因繁衍人类有功，被奉为本主。他们的十双儿女，因找到火种，教会人们捕鱼、打猎，耕种、建房，纺织，为后人所尊崇。其三，史诗所反映的婚姻，在文化人类学上有重要价值。李赞绪先生的这些观点，至今仍然是我们了解白族创世史诗的重要指导。

现在，一些白族聚居区的村寨，每逢节日或农闲季节人们还会聚在一起，通过吟唱史诗来缅怀祖先的业绩。一部创世史诗，可以让一个民族了解自己的历史，记住自己的来路，也是对民族文化传统的继承。

打　歌

“打歌”是白语的音译，就是“游戏、玩耍、娱乐”之意。

这是一种边唱边舞的歌舞形式，一般出现于盛大的聚会场合，人们燃起篝火，边唱边舞，气氛非常热烈。歌者出场后分成两队，端着酒碗或茶碗，围着火堆边走边唱。双方有自己的“歌头”（领唱者），在他们的带领下，其他人跟着合唱。前面提到的白族创世史诗，也是打歌的一种。

表演打歌时，一般分成两队，采用一问一答的形式对世界上的万事万物进行问答，既风趣又有哲理，还能考验歌者的知识和智慧。比如：

甲方：从前树木会走路，我说你信吗？
乙方：从前树木会走路，你说我相信。
甲方：木十伟眼睛有多大？
乙方：木十伟眼睛有碗大。
甲方：木十伟嘴巴有多大？
乙方：木十伟嘴巴有盆大。

有学者认为，白族打歌的产生，可能与白族先民的游牧生活有关。游牧时代，人们白天奔走于高山河谷，为生存而奔波。夜晚栖息于山野，为了驱除寒冷和危险，便燃起火堆，唱歌跳舞，既可以抵御寒冷，消除疲劳，还可以娱乐身心，带来快乐。久而久之，便演变成了打歌。而且逐步增加了内容，可以在这种用来游戏、娱乐的活动中传授生产、生活等方面的知识。在和大自然的斗争中，诗歌开始展现出独特的精神力量。

有的地方的白族群众认为，打歌的作用非常大，有了它后，“人无疾病，四季平安，六畜兴旺，神不会降灾”。在漫长的岁月中，它曾经是白族人的重要娱乐方式，同时也起到了传承民族历史和文化的重要作用。

随着时间的流逝，白族打歌的内容越来越丰富，一个民族的历史、文化、劳动、生活等内容都可以在打歌中得到生动表现。

从现在收集整理出来的作品来看，目前有叙述人类起源的《创世纪》，有反映古代游牧生活的《放羊歌》，有表现白王先民历史的《白王歌》，有表现白族婚俗的《点菜蔬》。还有许多取材于汉族传说中的内容，比如《诸葛亮》《读书歌》《楚汉相争》《八仙过海》等，体现了白族文化和汉族文化之间的交流。

白族调

白族调是广大白族群众喜爱的民歌，它题材广泛，格律严谨，体裁富于变化，有着深厚的群众基础，不少白族人可以张口成诗，出口就能成调。生活中的很多内容，人的喜怒哀乐，都可以唱出来。

白族调可用白语或汉语唱诵，其形式为“三七一五”，即一首诗歌的四个句子中，前面三个句子是七个字，最后一个句子是五个字，因而又称“七七七五”式。这和汉族诗歌有着鲜明的对比，比如：

天不平来地不平，挨饥受饿种田人，
木匠师傅无屋住，瓦匠遭雨淋。

在传统封建礼教的束缚下，年轻人的婚姻不自由，因此白族调中也诞生了一些表达追求婚姻自主的作品。它们的情感真挚、强烈，有很强的艺术感染力。下面这首民歌，就是以一个女孩子的口吻，大声唱出对包办婚姻的不满。

迎春花，花勾花，抱怨无情爹和妈，
前日阿哥来说亲，爹妈不答应。

封建社会父母对婚姻的包办，是造成诸多爱情悲剧的原因之一。当事人无力反抗，只能借歌声唱出心中的痛苦。虽然一对年轻人真心相爱，但是在“嫌贫爱富”的父母的干涉面前，只有深深的惆怅与无奈。一对苦命的鸳鸯，只能用歌声控诉被拆散的命运。

我俩同心结姻缘，婚姻不由我主张，
嫌贫爱富心肠硬，拆开好鸳鸯。

面对爱情的挫折，女子的倾诉大多是痛苦和哀伤，男子的态度比起女子会更坚定。下面这首民歌就是以一个男子的口气，唱出对爱情的执着追求。其语气中的果断与决绝，让人听了一定会留下深刻的印象。

锣锅打烂做铜钉，金身打烂做花柳，杀我也不怕。

我为妹子死也得，我为妹子死不怕，就是他们杀了我，夫妻赶二世。

今生不能做夫妻，就把希望寄托在来生，无论如何都不放弃对爱情的追求，这样的态度确实让人感动。

白族情歌数量很多，无论是在歌会上男女对唱，还是平时随口哼唱，都以情歌为多。白族情歌或含蓄深沉，或大胆奔放，但都生动刻画出白族青年男女对爱情的执着追求，具有极其鲜明的艺术特点。

下面这首在白族聚居区流传广泛的《小心肝》，就大胆唱出了男女对待爱情的态度。

小心肝，说不出的心里话，
心里话儿难出口，说给星星和月亮，
我叫三星说给你，我叫北斗来传话，
三星跟着北斗走，小妹跟哥走。

歌中唱出的浓情蜜意，充满人情、人性之美。

还有下面这首，大胆直白地表达出对对方的强烈爱意，听来令人震撼，其大胆程度不亚于汉乐府的民歌《上邪》。“爱你哟，爱你的话在心头，爱你这话难出口，爱你在心头。”大胆直白的表达，自有一种感染力。

来自民间的声音，总是充满强烈的生命活力。虽然生活中难免会有重重束缚与阻碍，但这挡不住他们对真爱的追求，心里有爱就大胆地唱出来。他们对爱的追求同样体现着质朴的品质，爱的不是物质，而是对方身上的美好品质：“爱你全身桃花色，爱你心肠实在好，爱你这话说给你，爱你直到死。”

白族调善于通过生活细节来展开描述，想象丰富，喜欢采取排比、博喻的艺术手法。因此，白族调是一种有着独特民族风格的民歌形式。

除全用白语的白族调外，有的白族调受汉文化影响，唱词为汉语，如《螃蟹调》《麻雀调》《相思调》《十二属相》等。下面这首《螃蟹调》，把追求姑娘的小伙子比喻为螃蟹，形象生动又不乏诙谐幽默，饶有情趣。

一个螃蟹八只脚，两个夹夹一个壳。
两只小眼黑黝黝，（哎呀）在把人偷瞧。
一个姑娘来洗脚，脱了鞋子跳下河，
（哎哟）螃蟹夹住小妹脚。夹又夹得紧，甩又甩不脱，
（哎哟哟）多谢螃蟹哥，放放小妹脚。

这首调子诙谐幽默，展现了白族调的另一个侧面。

对口山歌

对口山歌，一般用汉语歌唱，它是白族人在山林、田野里对唱的抒情歌谣。诗句可长可短，形式比较自由，一般由先唱者唱第一句，对方答一句，先唱者再继续唱第三、四句。对口山歌完全是即兴而唱，随唱随编，因此对唱时需要较强的反应能力和语言表达能力。好的歌手对唱起来，可以不间断地唱下去，生动活泼，富于情趣。

《洱源西山调》流传于洱源县西山乡，是当地白族人家婚丧嫁娶、建房立碑、酬神拜佛、祭奠祈福的重要内容。或宾主娱乐，或男女谈情说爱对唱，又叫对歌。既有灵活的歌词，也有固定的旋律曲韵。歌词因地因人因时因事因声随口即兴而成，非常讲究韵律和谐，朗朗上口。比如下面这首情歌。

三弦弹到花树下，阿哥唱调妹来和。
若是阿哥唱赢我，小妹搭你做个窝。
不管别人怎样讲，相好在我俩。
说长道短我不怕，多谢我情哥。

据说当年电影作曲家雷振邦先生就是根据《洱源西山调》作了节奏和旋律上的适当调整，编写成了电影《五朵金花》中金花和阿鹏的经典对唱《蝴蝶泉边》。

女：大理三月好风光哎，蝴蝶泉边好梳妆，
　　蝴蝶飞来采花蜜哟，阿妹梳头为哪桩？
　　蝴蝶飞来采花蜜哟，阿妹梳头为哪桩？
男：蝴蝶泉水清又清，丢个石头试水深，
　　有心摘花怕有刺，徘徊心不定啊伊哟。
女：有心摘花莫怕刺哎，有心唱歌莫多问，
　　有心撒网莫怕水哟，见面好相认。
……

经过电影艺术家们的经典表演和白族歌唱家赵履珠的演唱，这首歌已经家喻户晓，受到广大音乐爱好者的喜爱。

白族对歌强调即兴发挥，是对一个人才智的考验。虽然白族青年男女常用对歌的方式互相表达真挚的情感，但对歌不仅仅用来表达爱情，更多的还是一种知识和智慧的比赛。因而白族对歌不限于青年男女，在中老年人中也广为流行。白族对歌一般会以内容是否衔接和音韵能否贯穿来分胜负，所以，“歌逢对手”时，会几天几夜唱下去而难以决胜负。对歌多半采用白族调，但有些白族聚居区也流行汉族调的对口山歌，称为“汉调”，与白族调交替进行，更有一番动人的魅力。这也体现了白族文化和汉文化水乳交融的关系。

随着时代的发展，互联网在现实生活中越来越普及，白族对口山歌也唱出了新的形式和意蕴。大理白族自治州有个叫石龙村的白族村庄，2004 年就被评为民族文化示范村。现在这里的村民充分利用互联网的优势，建起了很多对歌微信群，他们在网上对歌，把传统民歌唱出了新意。有人还创作了《哥哥有个微信群，群里山歌唱不停》《微信群里唱山歌》等新民歌，都是近年来村民们根据互联网生活重新创作的，其内容和形式既有现代生活的特色，又有鲜明的乡村特色。白族群众对创新的追求，让白族对歌在新时代焕发出新的活力。比如下面这首对歌，既是演唱者的即兴发挥，也是传统文化和现代科技结合的产物。

男：有空群里常欢乐，白调唱到云天外。
　　就算不为其他事，图他唱几段。
女：哥说图他唱几段，下次不知何时见。
　　想到还要各自回，冷水浇心间。

微信是新兴的事物，爱情是永恒的主题。二者结合，自然会使对口山歌展现出新的气象，可以促进白族民间歌谣的不断发展。

红色歌谣

1936 年 4 月，中国工农红军第二、六军团占领云南祥云古城，继续北上进入宾川境内，先头部队宿营于周官、白庄、大罗城、大山后等地。2016 年，展示红军长征过大理这一历史过程的陈列馆落户宾川县州城镇周官营村李家院。据史料记载，当年红四师指挥部就设在李家院子里。陈列馆记录和还原了中国工农红军长征时路过祥云、宾川、鹤庆的历史场景。红军路过大理白族聚居区，带来了革命的火种，在白族聚居区留下很多佳话，也产生了一批吟唱红军的歌谣。比如下面这首。

红军三万三，路过波罗庄。
吃富不吃穷，穷人莫搬家。

红军路过大理的过程中，每到一地都引起很大反响，给穷苦百姓带来希望，老百姓就编唱了一些歌谣来怀念红军。这些歌谣虽然数量不多，但是产生的影响十分深远。红军走后，每当日子不好过时，老百姓就会更加怀念他们。

匪军又把穷人管，杀的杀来关的关。
人民受苦又受穷，盼望红军快回转。

红军在白族聚居区留下的革命火种，影响非常深远。后来，在云南地下党的领导下，白族聚居区也成立党组织，还建立了革命武装——滇西北游击队，在解放大理的革命战争中起了重要作用。在战争年代，民间歌谣的作用也是突出的，它可以倾诉苦难，唱出白族人民的心声，还可以鼓舞人们去斗争，争取美好的新生活。下面这首白族调就以高昂的激情唱出了革命必胜的决心和信心。

翠茵茵，参加革命打敌兵。
解放这县攻那县，有革命雄心。
打倒反动保安团，还要消灭土豪绅，
建立人民新政权，不达不甘心。

这首民歌是中华人民共和国成立前夕的产物，它记录了白族聚居区革命斗争的情景，唱出了老百姓向往新生活的愿望，具有强烈的时代特色。在革命武装解放大理各县的过程中，这些民歌起到了鼓舞民心的作用。

新民歌

1949年12月，云南和平解放，开启了一个新的时代。

首先，白族人民的生活发生了翻天覆地的变化，人民当家作主，生产力和生活水平不断提高。其次，白族文学和云南其他民族的文学一样，呈现出新的时代风貌。白族是一个热爱诗歌的民族，民间诗歌的内容随着生活的变化而变化。新的生活内容和精神气象，为诗歌增添了新的魅力。

在任何一个时代的变革中，来自民间的民歌、民谣，都能及时地反映现实生活，代表着民情、民意。中华人民共和国的诞生对生活在云南的各民族人民来说，是一件改天换地的大事、喜事。它必然会对每一个民族的生活产生全面的影响，而民间文学在时代的变革中，也会发挥出它的重要作用。

从解放之日起，白族群众中涌现了许多歌颂中国共产党和毛泽东主席的新民歌，比如下面这一首就非常具有时代特色。

我家住在西山区，山多人少又分散，文化又最低。
家家吃的是粗粮，个个穿的麻布衣，
自从来了共产党，麻衣变布衣。

（洱源西山民歌）

歌中采用白族调的形式，唱出了群众的心声。还有这首，简洁明了，运用比喻的方式，把人民和中国共产党的关系表达得非常生动形象。

唱起山歌乐呵呵，有党才有好生活，
人民有了共产党，好像船儿有了舵。

（剑川民歌）

这首民歌生动形象地表达了白族群众对新生活的喜悦之情和对

中国共产党的感激之情，具有鲜明的时代特色。中华人民共和国成立后的白族新民歌，之所以“新”，就在于它的内容和形式都发生了很大的变化。

其一，它的感情基调发生了变化，不再是旧时代以低沉、愤怒为主的基调，而是体现出对新生活的热爱和追求，充满幸福欢乐的情绪。比如下面这首写土地改革的民歌这样唱出农民的喜悦之情。

千年铁树开了花，农民土地还老家，
种田的人有了地，男女老少笑哈哈。

其二，描写爱情的民歌减少了，表现火热现实生活的民歌不断增加，歌唱生产劳动、歌唱新社会新面貌的作品也在增多。中华人民共和国成立后一系列的政治运动，体现了国家全新的制度和发展方向，成为生活的主流。所以从这一时期大量的白族民歌中，可以体会到这一时代的特点。土改运动、农业合作化运动、抗美援朝等内容，都在白族民歌中有所体现。比如“合作社像花一朵，鲜花开遍千万家，万家都爱花”。把合作社这一新生事物比喻成白族人喜爱的花，通俗易懂，简洁明了。这一时期的白族民歌，除了赞美国家和领导者，对集体的劳动生活也有赞美，从中可以感受到白族人民对新生活的热爱和满足，表现人民当家做主的快乐和喜悦，在民歌中是一种新趋向。正如一首白族民歌中唱道：

牡丹花开不放香，芍药花开命不长，
映山红花不结果，劳动花开幸福长。

在白族群众的心目中，劳动是光荣的，劳动之花让人喜爱。

其三，群众喜爱的情歌和传统民歌相比，从内容到形式都发生了很大变化。传统情歌多表现婚姻不自主带来的痛苦，新的情歌则体现出新的爱情观和追求。这些都是时代带来的新变化，人们的爱情观念在社会生活的影响下，开始出现新的社会生活内容和爱情追求。比如这首民歌《小蜜蜂》。

手拿花针绣花手帕，绣上一颗心。
绣花上哥把边疆保，绣花上妹子把产增，
前方后方齐努力，结成一颗心。

民间爱情和时代生活之间已经发生了奇妙的组合，人们的爱情观也随时代的变化而出现了新的内容。

民间长诗

长诗是白族民间文学宝库中的一朵奇葩，其中具有代表性的是一种区别于白族调的长篇诗歌体——本子曲。本子曲主要流传于大理、剑川、洱源、云龙等市、县的白族村寨，演唱时，用木叶或三弦伴奏。本子曲由二七一五或三七一五联句组成，一般为三个七字句和一个五字句组成一个乐段，因此，它是在白族调基础上扩展起来的长篇诗体。本子曲的形成和发展，是白族社会生活日趋丰富的反映。本子曲内容偏重于叙事，每部作品都有故事和人物，一唱就是一本，所以民间称为“本子曲”。

白族民间流传的叙事长诗，主要有《青姑娘》《鸿雁传书》《放鹞曲》《黄氏女对金刚经》《采花歌》《李四维告御状》《秧鸡曲》《兵灾匪祸血泪仇》《串枝连》等。这些长诗，有的有两千多行，有的有数百行，多半有完整的故事情节，有的还带有很强的抒情性。其形式也是在“七七七五”的白族调基础上形成的，通常是四句一段，每段三个七字句、一个五字句，由若干段组成。在每一段中，二、四句要押韵，段与段之间可以换韵。

这些长诗在白族民间经过千百年的艺术加工，都有着强烈的思想性和艺术魅力，是白族民间诗歌的代表。

叙事名篇《采花歌》

《采花歌》（字发兴、字学忠演唱，段寿桃、李赞绪搜集整理），是“打歌体”叙事诗的名篇。全诗长 4 000 多行，2012 年被选入《云南少数民族叙事长诗全集》，是一部优秀的白族民间长诗。

《采花歌》从一月到十二月，其中包含洱源西山的节令、各种名花，以及白族的民俗风情，充满浪漫色彩。它用白族“打歌”常用的问答形式，把月份和自然界的花、鸟融为一体，以此来赞美白族生活的美，充满民间审美特色。

长诗的“序歌”交待了《采花歌》的由来：“古时候天上星星不亮，古时候地上百花不开。古时候不分年和月，古时候四季无花王。哪个仙人分四季？哪个花仙点花王？帝师帝业分四季，天上花仙点花王。四季花王传世间，四季花开不一样。”白族是个爱美的民族，白族人家都喜欢种上各种花草，把环境点缀得分外美丽。这首长诗集中描写了白族聚居区一年四季各种花开的特色，同时还把季节、农事和各种花结合到一起，非常生动形象。

比如每年的开头，从正月开始，歌中选择的是报春花：“报春花开头一朵，蜜蜂绕花逗春风。报春鸟催报春花，正月名花记心上。”而对农民来说，春天不只是赏花的季节，更是备耕的开始：“家家户户勤备耕，解下犁架细修理，换上犁索和犁头。”在这首长诗中，赏花和农事结合得非常紧密。

“二月桃花像粉团，布谷飞来落枝头，田边地角声声叫。”布谷鸟在田间地头飞来飞去，叫得嘴边都流出血水，只为给人间催种催耕催春播。惊蛰过后，农人开始平整秧田，准备撒种。有闲情逸致的人，不忘在田边插上一束桃李花，让乡村生活弥漫出一片诗意。

三月的乡间看什么花呢？“三月里来牡丹开，柳丝长长麦苗鲜。蚕豆豌豆绽花蕾，花儿串串像彩蝶。”三月的田野里，各种农作物开始生长，处处呈现出一派生机勃勃的景象。对农人来说，这代表着丰收，代表着对美好生活的希望。

在这首长诗中，赏花只是一种对自然馈赠的享受，每个季节的农事才是人们需要用心关注的大事。有各种花相伴的乡村生活，多了一份诗意。

即使到了冬天将近的农闲时节，人们仍然有很多需要操劳的事。“十月里来是农闲，山村农闲人不闲。男人上山砍柴火，准备来年烧荒柴。妇女舂米又磨面，织麻布来做衣衫。”冬天，百花凋零，有心赏花的人会有新的发现：“冬月会开什么花？清清河水绕山流，河水下面有石头。石头上面长青苔，石头上面开石花。石花开在水底下，冬月开花鲜又鲜。”只有热爱生活的人，才会有这些发现。

腊月，年关将至，“腊月底来是年终，家家杀猪又宰羊。烧柴烧草火焰高，烟雾袅袅上云霄。远看就像青纱绕，近看好似一朵花。”没有鲜花的季节，农人把屋顶的炊烟想象成花，这是多么诗意的场景！

叙事长诗是历代白族人民智慧的结晶，它影响了一代代人的成长，在民间生活中有着不可替代的重要作用，也是白族文学的重要内容之一。对后世作家的创作而言，不失为文学精神的底蕴。

抒情长诗《鸿雁传书》

白族民间抒情诗《鸿雁传书》（又称《鸿雁带书》，杨亮才、陶阳搜集整理）1979 年 9 月发表于《民间文学》，后又被收编到 1984 年中国民间文艺出版社出版的《白族民间叙事诗集》一书中。

这首长诗流传于云南大理白族聚居区，分上、下两篇。上篇描写一农妇的丈夫外出当木匠，多年不通音讯。当大雁往南飞时，农妇托大雁带信给丈夫，叙述家中的苦境和对丈夫的思念。下篇写丈夫接到妻子来信即刻归家的情景，写他在外经历的种种苦难及怀念父母、妻子的心情。

上篇从妻子的角度，描写妻子对丈夫的思念。当大雁往南飞时，她托大雁带信给丈夫，讲述家中的困苦之境和自己对丈夫的思念之情："坐着坐着心烦乱，走出门外散散心。南边飞来一鸿雁，上前问问它。"鸿雁在中国民间传说中是传送讯息的使者，因为它每年冬天都要向南飞去，所以人们便想象它能替自己给出门在外的亲人传送书信，这一点在很多民族的民间文学作品中都有表现。

这首长诗采用人与鸿雁对话的方式，诉说妻子内心的苦闷与牵挂："鸿雁你从哪里来？我有话儿跟你说。我家夫君出门去，有无回家话？去年栽秧说回来，收割过后也未归。今年撒秧盼他来，栽秧也未归。"人与鸿雁的对话，说明这个妻子内心的孤独寂寞已经深重到无法与人说，只能向鸿雁诉说。她在对话中因为丈夫的不归，内心充满矛盾，有思念也不免有些抱怨："就是不思念妻儿，也要思爹娘。人家寄信或寄物，人家寄钱寄银两。空书一封未寄俺，主意怎该打？"正是因为丈夫一去便杳无音信，所以妻子只能托鸿雁替自己给丈夫传书信，问他为什么不归，何时才归，无数的疑问萦绕在字里行间。

诗中以妻子的口气先向丈夫报平安，并诉说了丈夫是因为"家中欠债"才外出做工的缘由。离别之后，因为关山阻隔，音讯不通，做妻子的对丈夫既有牵挂又有担心，怕他少不更事，寻花问柳；怕他乐而忘忧愁，丧失做人的志气；怕他被钱财迷心，忘记父母的养育之恩……还担心他在外生病，无人照应。种种担忧，生动地传达了一个妻子内心的焦虑与思念之情，甚至生出了一些抱怨之情。怨他久久不归，让自己独守空房，独受相思之苦。

《鸿雁传书》下篇是丈夫的回信，又叫《鸿雁回书》，与上篇呼应，解释丈夫离家在外不归的缘由。"一更书信捧手里，替我向贤妻拜谢。接到贤妻这封信，两眼泪汪汪。隔山隔水隔家乡，隔江隔谷隔日月。离爹离妈离贤妻，心如小刀剐。"歌中同样充满对亲人的深切思念和深深的愧疚感。原来丈夫在外面并没有像妻子想象的那样忘记家人、自己快活，而是因为生活所迫，无颜回乡见亲人。信中充满诸多无奈之感。“三更书信寄回家，再向我贤妻拜谢。我也很想回家乡，手里没银钱。我也并非没良心，时时刻刻想你们。只为手长衣袖短，无颜回家乡。”读到这里，读者对这位久不归家的丈夫的苦处终于有所了解，他并没有忘记家人独自在外面享福，而是有自己的难处。

长诗推己及人，推人及己，层层演绎，细腻地描写了一对因为生活而离别的夫妻丰富复杂、千回百转的内心世界，两人的表达生动、细腻，各有特色。在妻子的诉说中，有情感的相思，还有怨有恨、有疑有忧，可谓五味杂陈。丈夫的回答中，有爱有愧，有人生的无奈。而且二人五味杂陈的相思之情中，始终贯穿着一个“孝”字，孝顺公婆，爱丈夫，爱家庭，所以能打动很多人的心。

从结构上看，上篇提问，下篇作答，全篇结构完整，内容互相照应。妻子的“问”有想象、有疑问、有抱怨，也有深爱丈夫的感情。丈夫的“答”有愧疚、有无奈，也有对家人深深的牵挂。

这首长曲曾流传在大理剑川、丽江九河一带，曲子真实记录了白族男子外出做工的艰辛和父母妻儿在家盼望守候的焦虑，反映了中华人民共和国成立前劳动人民为生活所迫而妻离子散的悲惨生活，因引起广大民众强烈的共鸣而传唱至今。

离别苦情《出门调》

白族《出门调》（陆家瑞搜集整理，收入杨亮才等编的《白族民间叙事诗集》）是一首诉说出门谋生者艰辛的民间长诗。

这首长诗主要流传于剑川、洱源、兰坪等县，长达 2 000 多行。其内容主要是咏唱背井离乡、抛儿别妻、离别父母的苦，表达了农耕时代的白族男人出门做工养家糊口的艰难。白族男人中匠人比较多，一些人为了生存往往需要出门走“夷方”，去做木匠、石匠、泥水匠等。尤其剑川的男人一般都掌握精湛的木匠工艺，该手艺至今闻名。正如当地民谣中说的“丽江粑粑鹤庆酒，剑川木匠到处有”“天下木匠数剑川”，可以看出匠人在白族文化中的地位。但在古代，匠人也需要外出谋生，用自己的技艺养家糊口。与家人离别就在所难免，也为民间文学提供了创作的空间。《出门调》唱的就是这些离家外出谋生者的悲苦。

《出门调》产生于清朝，主要流传在剑川、洱源、兰坪、丽江等白族聚居区。这部长诗叙述了一个木匠出门谋生的悲惨生活经历。为了养家，木匠辞别妻子外出帮工，本打算挣到钱第二年就回家春耕，岂知在王都司（清朝县级负责地方治安的武官）家干了一年，王都司不但不给工钱，反而诬陷他偷窃金手镯，木匠告到官府，由于官官相护，他反被判给王家抵作家奴。服役七八年，木匠满腹冤情无处诉，后得以逃脱，在山神（木匠中的为首者）的帮助下找到活计。外出十年，木匠终得返乡和妻子团聚。

这部作品在民间流传中多有异文。除主要情节“商量出门”“依依惜别”“南行路上”“王家遭陷”“柳下托书”等基本相同外，其他则各有不同。如结尾，有的是夫妻“白发相会”，有的是丈夫回到家乡时妻子已死，丈夫到坟头哭妻，悲愤地痛骂阎王。尽管情节不一，但在揭露封建社会的黑暗，表现劳动人民家庭中夫妻间的深情厚爱等方面，是所有异文本共同表达的。

长诗情感丰富，诗句精彩感人。比如长诗第二部分的“依依惜别”，由夫妻对话组成。木匠外出离家的清晨，妻子一路相送到罗城桥，彼此依依惜别，互诉衷肠，是一场生动感人的情感交流。这对夫妇原本在家中过着温暖的家庭生活，现在却因为家庭贫穷需要丈夫外出挣钱养家。因此这首诗不同于一般小儿女纯情式的伤感，而是打上了贫贱夫妻百事哀的酸楚和忧伤。妻子的内心充满矛盾，一再嘱咐丈夫：“此去他乡为孤雁，独自投宿独飞翔，莫为银钱恋他乡，莫把老小忘。”丈夫则嘱咐妻子在家保重，世态炎凉，不要早出晚归，要照顾好父母和儿女。妻子叮咛他出门在外“冷暖自料理”“缝补自操心”“家中虽然多困苦，做活莫贪心”，丈夫表示“有钱无钱也回来，从此不离分”。一番对话之间，体现了一对贫贱夫妻的彼此顾惜，感人至深。

诗中还用了两个细节，来表达这对夫妻的不忍离别之情。一是插“望夫柳”，以“明年春天柳发芽”为期，盼夫回归，体现了妻子对丈夫的一片深情。“江水悠悠往南流，手攀柳树折枝柳。柳枝插在河岸上，取名‘望夫柳’。大雁不过三月三，小燕不过九月九。来年春暖柳发芽，你要转回头。”柳喻多情，丝丝入心。如此深情，堪称爱的典范。二是赠“手镯”，丈夫刚刚要起身，妻子突然叫住了他，并将手上的银镯取下递给丈夫：“莫忙走，扭丝银镯脱下手。银镯放进兜肚里，藏在你胸口。”这只银手镯或许曾经是他们的爱情信物，别离之际妻子以此相送，其情意可感。丈夫将银手镯带在身边，其实也就带走了妻子的爱与深情。“银丝股股绺扣绺”，象征着拴住两颗相爱的心。丈夫读懂了妻子的心意，马上表白自己的态度，“贤妻放心转回去，深情心头记。天上三星来作证，真情一片对北斗。只为家穷暂分离，回来共白头。”

插“望夫柳”、赠“手镯”，把全诗的送别推向高潮，也为离别的苦情蒙上了一层温暖的纱幕。毕竟有爱相伴，再长的离别也可以忍受。

叙事长诗《青姑娘》

长诗《青姑娘》，全诗长270多行，是一部反映青姑娘身世的白族民间长诗。长诗的词曲哀婉凄凉，分为“悼歌”“恋歌”“苦歌”“哀歌”“幻歌”等五大部分。这首长诗描写了勤劳善良的青姑娘自幼父母双亡，只能去别人家做童养媳。在婆家她没有过上期待中的美好生活，而是受到婆婆百般虐待，被逼得走投无路，无奈之下投河自尽。

后来白族聚居区形成了一个纪念青姑娘的“青姑娘节”。相传青姑娘于正月十五跳河，于是每年的这一天便成了“青姑娘节”。届时，全村的姑娘要聚在一起，选出本村最美丽、最聪明、人品最好、歌声最嘹亮的一位姑娘扮演青姑娘，有的村庄则用彩扎纸糊和彩画的人像来代表青姑娘。

活动以载歌载舞的形式进行，流行于剑川县的羊岑、甸南一带。每年正月十五晚上，白族妇女便会盛装聚会，扎一个青姑娘的草人像，来到青姑娘自杀的河边，把她的亡魂接回村中，在广场上边唱边跳，以纪念这个不幸的女子。长诗是唱跳时的歌词，哀婉凄凉，深刻揭示了在封建社会中白族妇女的悲惨命运。

太阳落山时，全村女子拥着青姑娘从河边进入村中，一路手拉着手，踩着节拍边唱边舞，走街串巷直到村中广场。然后围绕青姑娘吟唱整首长诗，诉说其痛苦遭遇以示悼念，直至月落西山方才散去。

《青姑娘》中一些古代白语词汇今已无人能解释，其产生的时间应该很早。但从妇女受虐待的内容判断，应是阶级社会的产物，并经历代口传者不断加工补充，现今有几种记录本和整理本。

全诗以领唱、对唱、轮唱及歌舞结合的形式演唱，是不同于其他白族调的独特歌舞，具有浓郁的现实生活气息。长诗从“悼歌”开始呼唤青姑娘，“青姑娘子阿姐姐，今天姊妹来团聚，海尾河边来祭你，把你苦情叙。”到“幻歌”中的“香樟树，树香樟，海尾河边树苍苦，砍棵大树造只船，划到南海上。”情感细腻丰富，句句扣人心弦。长诗以鲜明的民族风格和独特的艺术魅力，成为白族文学史上的经典之作，又借助于“青姑娘节”的传统习俗而流传民间，堪称白族文化中的一朵奇葩。

聪明善良的青姑娘，为什么会有如此悲惨的命运？她到底过着怎样苦难的生活？在“苦歌”一节中有唱词描述：“嫁到婆家真伤心，天还不亮就起身，听见隔壁晨鸡叫，胆战又心惊。挑水几担婆婆数，讨火迟回瞪眼睛，饭甑子上贴封条，饥饿缠我身。”面对一个凶恶的婆婆，一个受苦受难的苦媳妇形象跃然纸上，让人不禁心生怜悯和同情。

从总体上看，这部叙事长诗在内容上表现出鲜明的现实主义风格，是对白族社会、历史的真实反映，既具有珍贵的文学价值，也是研究古代白族婚姻生活的重要资料。

民间传说

白族人生活的区域主要是大理苍山、洱海一带，风景优美，历史厚重，滋生了内容丰富的民间传说。山川风物、历史传奇、英雄人物、信奉敬仰……无不在民间留下遗痕，演变出丰富的传说。它们代表着一个民族民间文化的丰富与发展，也体现了一个民族日渐成熟的审美观念。传说所描述的是特殊历史时期的人物、事件及各种风物，具有鲜明的地方性和民族性，其内容具有一定的教育和娱乐功能。经过时间的积淀，它们已经成为白族民间文学的重要内容。

白族人喜欢在茶余饭后聚在一起听老人讲“古本”。那些知识渊博的老人，可以从开天辟地讲到白族聚居区的山水草木，从历史事件和历史人物讲到风光景物。民间传说的艺术魅力，在传统农耕时代尤其明显。它是民族文化的传承方式，也是很多人成长的精神食粮。

自然风物

居住在大理的白族人民以美丽的自然风光、名胜古迹和重大历史事件为素材，创造了许许多多地方风物传说，比如大理有名的风、花、雪、月四景传说。这些传说虽然描写的是自然风光、地方名胜，但它也反映了白族人民独特的风俗习惯和民族心理，具有很高的思想性和艺术性。

除大理风、花、雪、月四景传说外，还有《望夫云》《蝴蝶泉》《神奇的鸟会》《鸡足山》《绕山林》《玉白菜》等，都流传下了生动的故事。

风、花、雪、月是大理的自然景观，也是大理文化中别具特色的存在。在漫长的岁月中，它们中的每一种景观都被演绎出了生动的传说，在民间广泛流传。每一种景观都已经从自然存在升华为独特的文化景观。大理当地有一副有名的对联，把这四种自然景观全都纳入对联中。

上关花，下关风，下关风吹上关花；
苍山雪，洱海月，洱海月照苍山雪。

这副对联的横批就是大理的风花雪月。

民间流传的各种传说，为我们解释了大理风花雪月的由来。比如下关，又有“风城”之称。从这个称呼，可以想象到下关的风是如何凛冽，令人色变。与之相关联的传说却包含着一段凄美的爱情。相传南诏公主与苍山猎人成亲后，猎人去取八宝袈裟，被罗荃法师打入洱海，化为石骡，公主盼夫不归。悲惨的呼号声震动了山岳鬼神，也惊动了苍山玉局峰的万年白狐仙子。白狐仙子知道这是罗荃和尚施的邪法，只要用观音菩萨的六瓶风力就可以把海水吹干，把石骡吹出海岸，让猎人复活，与公主破镜重圆。善良的白狐仙子为了成全别人的爱情四处奔走，冲破重重魔障，到南海普陀山观音的莲台前苦苦求情，方才借得六瓶风赶回苍山玉局峰。但是在回归的途中被罗荃法师暗中设绊，把风瓶打碎了五个，那些风一下子钻入天生桥下边的石洞中。剩下的一瓶风吹开海底现出石骡和公主见了一面。最后公主化成一片望夫云，好心的白狐仙子因自己把风瓶打碎，也含恨而死，在苍山上留下了一个“狐仙洞”。千百年来，下关一年四季吹风，而且是乱吹，据说这是风瓶被打碎在天生桥的缘故。

上关的花很有名，自然也会衍生出一些关于花的传说。相传很多年以前，大理苍山云弄峰下有个村子叫花树村，村里有个樵夫，一年三百六十五天，全靠卖柴过活。云弄峰下有一块大石头，表面十分光滑，人们都叫它“靠天石”。樵夫每天上山砍柴，都要从“靠天石”边走过，砍好柴下山时，也总爱在这块石头旁边休息。后来，他的妻子生小孩，碰上难产，家里又无钱请医，这可把樵夫急坏了。但是他仍然要上山去砍柴，因为只有多砍点柴卖，才能攒点钱买药。“靠天石”知道后，化身为一位老人，赠他一颗宝珠，保住母子平安。这个传说并没有止于神仙救人，它还延伸出宝珠和花的关系以及善恶相交的内容来。在传说中，美好的事物总是会被坏人觊觎，由此演化出了曲折生动的故事。后来，这颗宝珠一不小心落在菜地里。宝珠接触到土，就往地下钻，马上长出了一株木莲花苗，而且一见阳光长得更快，不多时就开花了。每个月开一朵，一年十二朵，闰年开十三朵，朵朵鲜艳，而且不会凋谢。贪心的县官想把花据为己有，被樵夫的妻子唱着曲子痛骂一顿。为了不让县官独占名花，樵夫忍痛砍倒了木莲花，带着妻子远走他乡。从此，美丽的上关花（大理四绝之一）就只留花名不见花了。这个传说解释了某些自然现象，也穿插着善与恶的博弈。

苍山十九峰上的雪四季不化，充满诗意和想象，是大理一道独特、美丽的景观。这道景观也演绎出了一个传奇的故事。不知多少年前，大理坝子来了一大批瘟神，散布出瘴气病毒，本地人叫“大理腐”。人一闻着就“打摆子”（染疟疾）。白族人有一句话——“大理腐，十人得病十人死”，可以想象到它有多么厉害！

苍山脚下有两兄妹得观音点化，被观音收做了人间的徒弟。兄妹俩看到大理瘟疫流行，发生瘴气病，成千上万的人死于瘟疫，便商量要为百姓除去瘟神。但这要用大风来吹它们，用大雪来压它们。兄妹俩不辞劳苦，到珞珈山向观音求得一瓶风和一瓶雪。在取回风和雪的路上，哥哥带着风瓶，妹妹带着雪瓶。到了天生桥哥哥不小心摔了一跤，把风放走了一大半，只剩下一小半。哥哥拿着剩下的风朝着那些作恶的瘟神吹，吹得瘟神无处躲藏，一齐跑上苍山。妹妹见了立即打开雪瓶，让雪铺天盖地下到苍山上，把所有的瘟神都埋在百丈深的大雪里面冻死了。

一场瘟疫清除了，可是哥哥变成了一尊石像，成了风神，永远立在天生桥江风寺。妹妹也变成了苍山雪人峰上的一尊石像，成了雪神，永远镇守苍山，不时下雪，使瘟神不得复生，从此苍山顶上有了千年不化之雪。在扫除瘟神的时候，因为风力不足，还有跑脱的小瘟神不时作祟，所以大理沿洱海的村落里，后来也有“送瘟神”的风俗。这个关于苍山雪的传说，赞颂了一对为民牺牲的兄妹。他们和观音的关系，也体现了佛教在大理一带的影响是久远的。在过去，人们喜欢把希望寄托在救苦救难的观世音菩萨身上，希望通过她的弟子来拯救人间的百姓。

洱海月是一道非常美丽的景观，每年中秋节的晚上，洱海边的白族人家都要将木船划到洱海中，欣赏倒映在海中的金月亮，此时天光、流云、月亮、海水交汇在一起，形成一幅优美的画卷，让人分不清所处的是人间还是仙境。

关于洱海月，也有一个美丽的传说，它和爱情、牺牲精神有关。从前，大理海东有一个小伙子名叫段岸黑，是一个孤儿，靠打渔为生。他为人善良，而且热心助人，很受乡邻欢迎。有一次，他在夜里出海捕鱼，可是左下一网、右下一网，提起来都是空荡荡的。那晚天特别黑，风大浪急，海里忽然金光闪闪，万道光芒射得他眼花缭乱！定睛一看，洱海深处现出一轮金黄色的大月亮，照得连海里的鱼群都被看得清清楚楚。段岸黑高兴极了，赶忙撒网下去，拉起来满满一网鱼。他一连拉了三网，然后回家把这个喜讯告诉了打渔的乡亲们。从此，渔民们借着月光夜夜满载而归，过上了丰衣足食的日子。

后来月宫里的七公主喜欢上了勤劳能干的段岸黑，愿意和他结为夫妻，从此小两口过着幸福美满的生活。每天，七公主和段岸黑出海打渔，晚上她就把一面铜镜抛下海去，海底现出金月亮，让大伙儿都打得鲜鱼满舱。

这是一个美丽的传说，天上公主下凡爱上人间的小伙子，两人过上幸福的生活。但是民间传说不会止于此，后面一定还会遇上艰难曲折，演绎出更多生动的故事。因为公主来到人间，犯了天条，终究还是要回到天上去。但是爱的力量又是强大的，总会留下些意想不到的结局。关于洱海月的传说，前半段说的是浪漫的爱情故事，后半段则是波澜起伏的善恶之争。他们先是和恶龙斗争，后来七公主又被月宫神王派天神押回月宫，永世不得出来。

七公主临走之际给丈夫留下一面铜镜，让丈夫把它放到洱海里。铜镜犹如一轮金月亮，可以让乡亲们风调雨顺，孽龙妖邪都不敢再来。后来段岸黑忧愤成疾，一病不起。他死后，人们将他葬在玉几岛上，让他能看见金月亮，看着大家打渔种庄稼，永远跟金月亮在一起。

关于大理风、花、雪、月的每一个传说，都充满浪漫神奇的色彩。一方面是大自然的神奇造化令人遐想，另一方面它也寄托了千百年来老百姓对美好生活的向往。它歌颂爱情，赞美为天下人牺牲的精神，对善恶是非有明确的判断。今天的人在欣赏大理美丽景色的同时，也会被传说中人物的命运深深感动着。

除了风、花、雪、月，蝴蝶泉也是大理一处有名的景观。特别是电影《五朵金花》上映后，电影里的唱词更是风靡一时，“大理三月好风光，蝴蝶泉边好梳妆……”

这样美丽的景点，不可能不衍生出动人的传说。

相传，在大理苍山云弄峰下，有一潭清澈的泉水。一棵弯弯的古合欢树覆盖着水面。每年农历四月中旬，泉边飞来成千上万的各色彩蝶，一群群上下飞舞，一串串在树上栖息，五颜六色，十分好看。因为有这奇异的景象，人们把这潭水称为蝴蝶泉。在很久以前，蝴蝶泉原称无底潭。离潭不远处有个小村庄叫羊角村，村中一户人家有父女二人，姑娘名叫阿花，父女勤耕勤织，相依为命。阿花和一个叫阿龙的小伙子每年三月初三在苍山白云峰上的保和寺的“朝山会”上相识，两人互生情意，互赠信物，定下终身。阿花送给阿龙的是一张彩巾，心灵手巧的她在一张素白的手巾上绣了一百只蝴蝶，有的双双飞舞，有的对对栖息，有的互相追逐，有的勾须嬉戏。有长飘带的凤尾蝶，有娇小的粉蝶，有淡黄的菜蝶，有多色的花蝶……后来白王要给王子选妃，阿花的“百蝶巾”和她的美貌都被一个官员看上，父亲也被兵丁打死。进山打猎的阿龙回到家时，心上人已经被抓走。他安葬了阿花的父亲，带上猎刀和弓箭，直奔官府去营救阿花。

传说的结局是悲壮的，阿龙和阿花“宁为玉碎，不为瓦全”，他们戴上“百蝶巾”，双双牵手跳入无底潭中。等到风雨之后，彩霞满天，从潭底飞出一对大彩蝶，跟着又飞出成千上万只蝴蝶围着大彩蝶翩翩飞舞。乡亲们看到这奇异的景象，都说阿龙、阿花和百蝶巾都变成了蝴蝶。

从此以后，人们就把无底潭改称为“蝴蝶泉”。因为那天恰好是农历四月十五，就把它定名为“蝴蝶会”。每年蝴蝶会，青年男女都来泉边唱歌、跳舞，纪念阿龙和阿花。这个美丽而忧伤的传说，为蝴蝶泉增添了特殊的魅力。

爱情追求

白族是一个美丽多情的民族，对爱情有美好的追求。比较有名的爱情传说有《望夫云》《辘角庄》《美人石》等几个传说，在民间流传了上千年。

在大理，《望夫云》这个传说非常有名。这个传说是从洱海上空一朵神奇的云讲起的。据说每到冬天，要是遇上万里无云的大好晴天，在苍山的玉局峰上会突然出现一朵亮如银、白似雪的云。它干净奇丽，柔美轻盈，在深邃的蓝天下非常醒目。而且它还变幻无常，会由白变黑，慢慢升高，那身影会变得犹如一个身材苗条的女人，只是披头散发，阴沉恐怖，好像在茫茫洱海上大声哭喊。似乎能听到一阵阵凄切的呼唤声……

这就是传说中的望夫云。关于它的传说，充满了浪漫的色彩。很早以前，大理苍山脚下，在玉局峰的山坳里，有一个小小的白族村子，全村人都靠开采大理石谋生。这村子有一户人家，祖孙三代三个人，老爷爷和阿爹都是石匠，还有一个十八岁的姑娘十分聪慧美丽。后来南诏王要盖五华楼，到处征民工匠役。姑娘的阿爹是个著名的石匠，也被强征了去，剩下祖孙二人在家相依为命。老爷爷时常挂念着儿子，姑娘也盼望阿爹回来，可是阿爹一去三年，杳无音信。听说南诏王和手下的监工虐待工匠，祖孙俩非常担忧。到了第四年的春天，老爷爷带着孙女去寻找，正好赶上洱海边的人们在过一年一度的“绕三灵”，姑娘结识了一个英俊的猎人。

这个传说的前半部分是一个不太曲折的爱情故事，其中有时代背景和鲜明的爱憎观。在很多民间传说中，南诏王都是恶势力的代表，也是很多故事中的反面角色。他的出现往往会给主人公带来意想不到的灾难，在这个传说中也是这样的。传说的后半部分，正当姑娘和猎人欢欢喜喜准备婚礼的时候，五华楼盖好了，南诏王派官员到民间来选宫女。新娘子因为长得漂亮，被官府抢走了。猎人因为思念爱人，整天在苍山上和洱海边走呀，唱呀，直至累昏在地。

这个传说中间的情节出现了超现实的力量，这比较符合民间传说的特点。猎人对爱情的忠贞、执着，感动了猎神。猎神趁他昏迷不醒时，给他插上了一双翅膀。丰富的想象力是民间文学的主要特征之一。这个传说中，猎人有了这对神奇的翅膀，故事才得以朝着另一个方向发展。

猎人有了这对神奇的翅膀后，张翅飞进南诏宫，救出爱人。南诏王便派兵马来捉拿。他俩靠着这对神奇的翅膀飞到玉局峰顶上，在一个石洞里成了亲。玉局峰风大雪深，南诏王的兵马无法上去，只好干瞪眼。后来姑娘有了身孕，为了给爱人御寒，猎人飞去盗取罗荃法师的七宝袈裟，却被法师念动咒语，并用禅杖将猎人打落洱海变成一头石骡子，沉入海底。姑娘得知丈夫被害死在洱海里时，悲愤交集，竟然活活地气死了。只是她死了也不甘心，灵魂化为一朵亮白的云，升上玉局峰顶。这时天空突然刮起大风，直刮得天昏地暗，把洱海吹得波开浪裂，现出海底石骡，让他们夫妻见了一面，这朵云才慢慢散去，洱海又恢复平静。

后来，人们感念这对夫妻的悲情故事，便把这朵云叫做望夫云。

多少年来，每逢秋冬时节，苍山玉局峰上就会出现望夫云。只要这朵云一出现，洱海上就掀起狂风巨浪，不把海底的石骡子吹出来，风浪就不会停止。

这个传说的结尾很有意思，虽然男女主人公最后难逃悲剧的命运，但是他们内心却有一股桀骜的力量，不甘心就这样被分开，不甘心爱情没有结局。所以女主人公在悲愤而死之后，灵魂也要作最后一次抗争，化成云团飘在洱海上，不时地掀起狂风巨浪。其实这是她对天地的控诉，对爱情的呼号。

这是一个充满浪漫主义色彩的民间传说，为作家文学提供了再次创造的空间。著名作家徐迟、公刘、徐嘉瑞、鲁凝等人都曾经以此传说为素材，创作过同名长诗或电影文学剧本，由此可见这个传说在大理的知名度。

《辘角庄》又名《金桥银路》，这个传说在明代杨慎的《南诏野史》中有详细记载。白族民间流传的故事异文很多。这个传说讲述了大理地名辘角庄的由来，也记述了一个充满诗意和浪漫色彩的爱情故事。和《望夫云》的悲剧色彩不同，这个传说有一个大团圆的结局。传说中的白王小公主名叫白圭，这个白圭很特别，不爱花不爱草，从小喜欢喂一头进贡到宫中的水牛。她知道这头牛的性情，牛也能听懂她的话。白圭公主长到十七岁的时候，白王要给她招一个驸马，白圭不愿意。后来她竟然想出了一个“骑牛配亲”的主意，这便是骑着一头能听懂她心事的老牛，去寻找自己的幸福。这在民间文学中确实是一个大胆、新奇的创意，一个美丽的公主和一头水牛融为一体去寻找自己的快乐和幸福，这体现了民众对自由爱情的追求和向往。

虽然这是一个类似于“撞婚”式的传说，却有一个美好的结局。公主在一个村庄遇见了一个老婆婆和她的儿子。老婆婆的儿子是个年轻的樵夫，长得高大俊秀，头上包一块白汗巾，身上披一件白汗衫。虽然衣服上打着补丁，但洗得干干净净，腰带上还插着一支短笛。看得出他们的生活虽然贫苦，但有自己追求快乐的方式。白圭见了青年，红着脸进里屋脱下宫服，换上民装，卷起袖子去帮老婆婆烧火煮饭。从此，她就在这樵夫家住下了。白圭和樵夫成亲后，夫妻俩恩恩爱爱，一家三口和和美美过日子。每到月白风清的夜晚，周围人家都能听到悠扬的笛声从茅屋里飘出来。

后来白圭回到王宫，请白王去认亲。白王心里有气，赌着气说：“如果你能造金桥银路，用金砖铺到王宫门前，我就到你家去认亲。”

原本应该是“公主找到爱情，从此过上了幸福的生活”，但是这个传说还要加上一个更具传奇色彩的结局。白王的苛求把故事推向高潮，让人觉得那是不可能的事。一个穷樵夫怎么可能满足白王提出的那么苛刻的要求？但是，民间传说就是具有化腐朽为神奇的力量，它可以通过夸张的手法，让不可能变成可能，以满足大众的美好愿望。樵夫打柴的山上遍地是金银，而他之前对此竟然视而不见，不知道它们的价值。最后白圭公主和樵夫赶着水牛去驮金子、银子，他们天天驮、天天背，造好了金桥银路，把金砖一块接一块地直铺到王宫门口，还剩下一些金砖，就献给白王。有了金桥银路，白王只得率领百官来认亲家。到了樵夫家，白王认了亲家母，封樵夫为驸马。这个传说表达了白族人对自由恋爱的向往，塑造了白圭公主这样一个不贪慕荣华富贵、敢于走出宫廷的理想人物，结局中封樵夫为驸马，也表达了对统治阶级等级制度的讽刺。

“天婚”习俗在白族民间传说中也有所反映。《美人石的传说》

表达了宫中王子对爱情的追求和向往。只是这个传说多了些幽默感，没有像前面的《辘角庄》一样有曲折动人的情节。传说叙述了大理太和村旁有个一丈多高的大石头，叫做“美人石”。相传很久以前，太和村是京城。白王有个太子，年纪到了十八岁。俗话说“男大当婚，女大当嫁”。白王和王后看着儿子已长大，就把王侯将相家的千金小姐召进宫中，要太子选择一个做妻子，太子却一个也看不上。白王十分生气，决定不再管他的婚事。太子去请教他的老师。老师说：“好花开在山里，好女生在百姓家。你到民间去吧！一定能找到一个称心如意的妻子。”太子听了老师的话，决定到民间去走一走。临行前，白王给太子一道圣旨：“你看中谁，就将圣旨贴在她的背上，我给你娶回来。”太子到乡下走了几年，还是没有找到一个合他心意的伴侣。后来他走到一个村子旁，把父亲给他的圣旨拿出来看。心想这辈子要找一个合心意的妻子是无望了，这道圣旨有什么用呢？越想越烦，就顺手把圣旨贴在一块大石头上，头也不回地走了。说也奇怪，那石头见太子走了，突然跟着太子飞起来了。太子走得快，石头飞得快；太子走得慢，石头也飞得慢……

白王盼望着太子回来时，能带回一个称心如意的姑娘。不料太子是回来了，身后却跟着一块大石头，白王不免惊骇，忙张弓搭箭向大石头射去，“嗖”的一箭射到大石头上。只听“轰”的一声巨响，大石头落在了宫门外。

很多年过去后，白王的宫殿早已化为灰烬，只是那块大石头还在，上面有几寸深的一个小洞，相传这就是白王射的箭痕。后来人们就把这块大石头称为“美人石”。

这个传说中，虽然王子没有找到中意的爱情，但是他对美好爱情的向往还是令人感动。

白族民间传说中，有很多关于爱情的故事，它们表达了白族人民对自由爱情的追求和向往。无论是悲剧故事，还是皆大欢喜的故事，都能从中体会到千百年来人们对美好爱情的追求从没有中断过。但是在现实生活中总会遇到各种阻碍，有情人不一定都能成眷属。人们对爱情的执着追求是值得歌颂和赞美的，《望夫云》中的女主人公，化成云团也要掀起狂风巨浪，以表达自己心中的愤怒。相比之下，《辘角庄》中的白圭公主是幸福的，她通过独特的方式，找到了朴素的真爱，留下了流传千古的美好传说。

本主传说

“本主”崇拜，是白族人民一种普遍的原始信仰。白族的村寨几乎都有本主，而且每个本主神都有自己的传说。这些传说既是民间文学作品的素材，又是本主信仰的一个组成部分。本主的功劳、事迹、性格、谱系等，主要通过本主传说得到传承，并构成本主信仰的思想基础。

白族本主传说按内容主要可分为两大类：一类是描写本主生前或创世立业，或保家卫国，或勇斗妖魔鬼怪、邪龙恶蟒的英雄事迹，反映了白族人民对英雄的崇敬和景仰；另一类是反映本主成神后的生活故事，风趣幽默，本主们各有其性格特点，充分体现了白族本主信仰的世俗性和神性特点。在白族聚居区，几乎每一个白族村寨都有关于本主来历、本主神威以及本主逸事之类的传说。著名的本主故事有《大黑天神》《段赤诚》《白洁夫人》《中央本主段宗榜》《太阳神本主》等。

一些本主传说反映了白族祖先创世立业的英雄事迹，这类本主传说的代表作品如《太阳神本主》《沙漠大王》等。在《太阳神本主》中，苍山的沧浪峰，原来云遮雾罩，挡住了太阳的光辉，庄稼四季见不到阳光，农户一年四季没有收成。后来，有个先祖用一把“拨云刀”，驱散云雾，让阳光普照大地，庄稼连年丰收，老百姓从此过上了好日子。人们便把先祖奉为“太阳神”，并奉之为大理庆洞村本主。大理挖色地区的《沙漠大王》中讲述，沙漠本主是从电闪雷鸣中飞来、从沙堆里出来的神童。他刚到鲁川（挖色的古称）时，以采摘野果和捕捉野兽为生。后来，他把野果树栽种成家果树，把野生动物驯养为家畜，培植了农作物，教会了人们种植、驯养和农耕，让人们过上了好日子。

本主神话中数量最多的是反映主人公与邪恶力量进行英勇斗争的英雄故事，尤其是与自然恶势力斗争的作品比较多，如《段赤诚斩蟒》《猎神杜朝选》《赤子三爷》等。他们在成为本主之前，都是人间的英雄，为一方百姓斩妖除魔立下功绩。在他们死后，才被尊为一方本主，继续保佑一方百姓的平安。

《段赤诚斩蟒》中说，古代大理有一条大蟒，每天吞食村民，弄得村民不得安生，段赤诚全身扎上钢刀，钻进蟒腹，杀死了大蟒，自己也英勇牺牲。

杜朝选也是杀蟒英雄，不同的是，与之斗争的是一条有狮、虎、豹、蟒四个灵魂和一把宝剑的神蟒。当他用箭射死神蟒，用宝剑杀伤了神蟒四个灵魂时，大蟒现出原形，缠住了杜朝选，杜朝选在宝剑断成两截的情况下用双手紧紧掐住大蟒的咽喉，把它活活掐死。因此，他的雕像手中捏着刀柄，身上缠绕着一条蟒蛇。

这类神话反映的是白族人民早期生活的艰辛和勇于与险恶做斗争的精神。

一则关于《大黑天神》的传说是这样讲述故事的。玉皇大帝偏听耳目神的谎报，派大黑天神到人间散布瘟疫。大黑天神来到苍山与洱海一带，看见人们辛勤耕织、善良纯朴，不忍加以毒害，但又无法返回天宫复命，于是便把满瓶瘟丹吞下，脸和身上都变黑了，最后瘟毒发作而死。人们感其舍身救世之恩，上湾桥、下湾桥和上鸡邑等村寨都奉他为本主。

另一方面，本主故事也有浓厚的生活气息。在一些本主神话中，本主与现实生活中的人一样，本主有父母、兄弟、姐妹、爱人甚至情人，有性格爱好，有七情六欲，这类本主传说体现了强烈的生活气息。在白族人心目中，本主一方面是神，他具有超人的力量；同时，本主也是人，是和村民生活在一起的，他有优点，也有缺点。因此，在本主故事中，人们可以赞扬本主，也可以批评、讥讽和嘲笑本主。如嘲笑本主多吃多占的《四个猪头都要》、讽刺本主和村中妇女私通的《本主半夜爬墙》、描写本主脾气不好的《段本主恨鸡》等，宛如一幅幅白族社会生活的风俗画，栩栩如生，情趣盎然。在我国的少数民族文学中，这样的神话故事别具一格，具有独特的艺术感染力。

每位本主，都会演绎出一段有意思的故事在民间流传。李宓，可以算得上是大理最著名的本主，关于他，在大理也流传着许多传说。供奉在苍山风景区“将军洞”里的本主，是唐朝将领李宓，他是大理最大、最著名也是最让人难以理解的本主。很多人会感到不可思议，一个民族竟然宽容到供奉敌方将领为本主？事实是，至今将军洞仍然是大理一带香火最旺的本主庙，当地人最喜欢到将军洞举办各种聚会、祈福和庆典活动，将军洞里几乎天天爆满。

这位李宓将军曾在唐朝天宝年间率领十万大军征伐南诏，兵败后投洱海自尽。李宓为什么、什么时候成为护佑民众的本主呢？在当地民间传说中对此有解释。据传当时的南诏国其实并不想与朝廷开战，只是因为朝廷被奸臣蛊惑，才导致两国兵戎相见。在打败朝廷军队后，南诏王担心两国关系持续恶化会引发更多的战事，所以找机会与朝廷修好。其中一个表现就是厚葬李宓及其战死的士兵，一般士兵统一安葬在现在的下关天宝公园内，李宓则供奉在风光秀丽的将军洞，以此向大唐示好，以维持和平的局面。而自从奉李宓为本主之后，大理确实就很少与中原政权发生大的冲突了，人民也得以安居乐业。大理逐步发展成我国西南地区核心的商业中心之一，是南丝绸之路上最重要的中转站。老百姓最讲实惠，也最纯朴，既然李宓能给大家带来安稳的日子，那就供奉给他最旺的香火吧！

还有一位叫东山老爷的本主，应该是风流多情的本主。关于他的传说是这样的：东山老爷原名韩诚，明洪武年间跟随沐英大军远征云南，战争结束后，他奉命留在大理鹤庆屯田。在民间传说中，这位东山老爷生性风流，成为本主后也本性不改，经常和邻村的本主白姐幽会。有一天，幽会到天亮，鸡都叫了，才慌慌张张地跑出白姐的村子回到家里，结果到了自己庙里的座位上时，发现误穿了一只白姐的绣花鞋，而此时要换已经来不及了。东山老爷只好就这样端坐于神台，接受村民们的参拜。直到现在，东山老爷本主庙里的塑像，一只脚穿着男人的官靴，另一只脚却穿着女人的绣花鞋。

大理白族中流传着无数关于本主的传说，让人觉得被供奉为本主的神灵是很幸福的，不用像其他神仙那般要遵守清规戒律、不食人间烟火，这些本主神可以在神的世界里过世俗的生活，既能庇佑人民，也能有七情六欲和凡人一样谈情说爱、娶妻生子，正如当地人说的“本主就是有人间烟火的神”。

龙的传说

古代的大理，在历史上曾有“泽国”之称，大地上海、河、湖、溪遍布。同时因为生产力低下，古代水患也极为频繁，白族分布区域河流纵横，湖泊密布。水给人们带来幸福，也给人们带来灾难。

白族民间传说中，关于龙的传说比较常见，而且生动传神，这和白族人生活的地域有密切关系。洱海的波浪中蕴藏着许多跟龙有关的神话传说，它们或者呼风唤雨，或者兴风作浪，给人类带来各种问题，也留下许多生动的故事。

人们相信“深山大泽必有龙蛇”，而且它们都有自己的个性和特色，所以白族聚居区关于龙的神话特别多，流传也很广泛。目前已收集到一百多篇，主要有《九隆神话》《雕龙记》《小黄龙与大黑龙》《玉白菜》等。

古代洱海的海平面比现在高，古代白族先民多居住在苍山山腰的台地上，那个时候多水患。后来，白族聚居区开始种植水稻，水稻是一种对水有着特殊要求的农作物，水便成为白族农业生产中最为重要的元素。

古人认为龙主水，因此，龙的故事也就不断地出现于民间。白族龙的神话中有好龙，也有恶龙，通常是人们和好龙一起战胜恶龙，反映了白族先民同大自然做斗争、追求美好生活的理想和愿望。因此与龙有关的传说极为丰富多彩，如《白龙掌印》中讲述道，从前苍山十八溪中住着十八条龙，为首的是龙溪的大黑龙。它有一颗金铸的掌龙印，只要把这颗金印拿出来，吼一声，十八条龙就大发洪水，冲毁庄稼和房屋。后来，莫残溪的小白龙设法偷走了掌龙印，打败了大黑龙，自己当上了十八溪的总龙王，从此风调雨顺，庄稼年年丰收，白族人都过上了好日子。《小黄龙与大黑龙》则讲的是善与恶的斗争。这则传说讲述了大理海子里暴虐成性的大黑龙，把洱海的海尾堵塞起来，淹没了大理坝子。有一条小黄龙决心要去制服大黑龙，它头戴铜龙头，手脚上套上铁爪，背负尖刀，跳入洱海，和大黑龙搏斗起来。小黄龙打饿了，海面上翻起了黄水花，人们就往海里丢肉包子，小黄龙吃饱了，越打越有劲。大黑龙打乏了，海面上翻起了黑水花，大伙就往它嘴里扔石头、铁块，大黑龙吃了，肚子疼得受不了。这场战斗进行了三天三夜，大黑龙支持不住了，就从江风寺下面的大石崖上钻了个洞，顺着西洱河逃走了，漫到大理坝子的水也从这个洞里泄了出去。从此，大理坝子风调雨顺，人们过上了幸福的生活。人们给小黄龙盖了一座龙王庙，把它奉为绿桃村的本主。

此外还有人与善龙交往、人与恶龙争斗、人与龙王结友、人与龙子恋爱、人与龙女婚配等各种各样的故事，都各具特色，情节生动，妙趣横生。

在《青龙潭》这则传说中，苍山马龙峰和圣应峰之间有一条清碧溪，溪里有个清澈见底的龙潭，这里的峭壁上有个一丈见方的“雨”

字，关于它的由来，与传说中的一条龙有关。相传很多年前，这个潭里住着一条能变化成人而且心地很好的青龙。它专行好事，让当地年年风调雨顺。潭的旁边有个寺院叫小雷音寺，寺里有个老和尚，饱读佛经，还下得一手好棋。青龙便化身为人，来找老和尚下棋，两人成了很好的棋友，青龙还送给老和尚一件神奇的袈裟。后面故事的转折，缘于老和尚的好奇心太重，总想看看青龙的真身。而青龙如果现出真身，就会冒犯天条，遭到上天惩罚。为了满足老和尚的愿望，青龙不惜冒着违反天条的危险，为他现出真身。这样做的后果很严重，不但吓死了两个不知情的小和尚，还让大水冲毁了寺院，只剩下一片空地。老和尚因为穿了青龙送的袈裟，才幸免于难。只是他再也无脸回到寺里，只能远走他乡。青龙也不能再变成人形，只能冲进洱海。峭壁上的“雨”字，就是人们为了纪念青龙而刻。在这个传说中，人和龙之间可以建立起友情，青龙甚至可以为了满足老和尚的愿望而违背天条，令人感叹。

《龙太婆和水晶珠》这则传说也是讲述人和龙的故事，但讲的是好人有好报的传奇。传说洱海边的渔夫阿和因父母双亡，生活贫困，三十多岁还单身。后来，他出海打鱼，打到一条金色的鲤鱼，因为可怜鱼儿，便将其放生。没想到这鱼儿竟然是东洱河的龙母所变，为了感谢阿和，便说要把女儿嫁给他为妻。当时大理一带大旱，三年不下雨，百姓的生活非常艰难，善良的阿和上山到处找水。他不愿意撇下大家，一个人跟着龙母去享福。龙母见他心地善良，便将可以呼风唤雨的水晶珠赠予他，让他拿去解除旱灾。故事有一个大团圆式的结局，阿和既解除了地上的干旱，后来又成为龙母的女婿，过上了幸福的生活。相传他和乡亲们还为龙母修了庙，塑了像，奉其为龙神。每年“绕三灵”时就把龙母的庙作为起点，称为“第一灵”。在这个传说中，人和龙之间结的是一种善缘，还可以通婚。

流传于大理巍山一带的《猪龙的故事》中，猪龙不但善良，而且还帮助村民反抗县太爷。《龙肝》这个传说则是对善恶之人的检验。

哥哥王老大把自家兄弟赶出家门，独占家产。弟弟王老二是一个勤劳善良、省吃俭用的人，他无意中救了一条小白龙，还将其养大后放归大海。后来县官生病，要吃龙肝才能好。王老大便强求弟弟去割龙肝，好让自己去讨好县官。小白龙为了报恩，割了一块龙肝给王老二，得赏银的却是王老大。后来县官太太生病和县官的小姐生病，都要吃龙肝。贪心的王老大一次次逼王老二去割龙肝……最后王老大被小白龙吞进了肚子里。在这个故事中，小白龙和王老二都很善良，知道感恩，王老大则代表了贪婪，自然没有好的结局。

这些传说，体现了白族人爱憎分明的态度，也反映人与自然的斗争，具有强烈的现实感和生活气息，同时也表现了白族人民对自然和超自然力的态度。在白族人民看来，代表自然力的龙有善恶之分，对善龙要加以崇敬和祭拜，对恶龙则要进行惩罚和消灭，而不是不分好坏一律进行顶礼膜拜，忍气吞声地臣服于邪恶的神灵。这是白族很有特色的龙文化，体现了白族人对自然和社会的深刻认识，以及在认识自然、改造自然过程中勇于反抗的精神。

民间故事

白族民间流传着很多故事，它们的内容包罗万象，是对现实生活的总结与提炼。

白族民间能工巧匠多，他们的故事充满智慧和魅力，非常有趣。特别是剑川木匠，更是多才多艺的代表，相传他们的技艺还是鲁班亲传。

白族历代文人在民间也留下了很多生动的故事，体现了他们的风采和潇洒。机智人物的故事，则体现了白族人的机智和幽默，是民众休闲娱乐的方式之一。这些故事可以讲几天几夜，有的短小精悍，有的风趣活泼，有的寓意深刻。白族民间故事题材广泛，但都以歌颂真善美、揭露假恶丑为主题，反映了白族人民热爱祖国和家乡的高尚情操以及对美好生活的追求。

工匠故事

白族聚居区的工匠、艺人比较多，最有名的当数剑川木匠、鹤庆铜匠、大理石匠，他们在民间的事迹衍生了不少故事。其中剑川的男子大多会木匠手艺，从滇西流行的一句俗语中可以看到他们在民间的地位，即“丽江粑粑鹤庆酒，剑川木匠到处有”。白族民间流传的木匠故事也比较多，比如《墨斗山》《张班去了鲁班来》《推化柱子》等。其中《推化柱子》这个故事讲述了剑川木匠为人解难的故事。相传从前腾冲盖护珠寺时，请了各地不少木匠，唯独没有请剑川木匠。结果立柱上梁那天，缺了一根中柱，寺庙就是竖不起来。绅士官说是包工头欺骗官府，揪着他去衙门治罪。在一片吵闹声中，人群里走出来一个人对包工头说他有办法。他让木匠们把刨花抱来，用米汤和刨花浇灌成一根中柱，与其他柱子一模一样，准时把房架竖起。在场的人都夸他手艺高明，纷纷要拜他为师。大家求他留下，他不答应，问其尊姓大名，只是回答一句“剑川木匠”。这个故事中的剑川木匠身怀绝技，在危急关头方显出独特身手。

鲁班是木匠行业的祖师爷，在白族民间也有很多关于他的传说，而且他还是剑川木匠的师傅。据传，剑川“木匠之乡”的称号还是鲁班亲口所封。《鲁班和鲁师娘的故事》已经形成系列，讲述了很多和木匠这一行业有密切关系的故事。在《锯子的来历》这则故事中，锯子是鲁班和剑川徒弟一起发明的。他们原来都是用斧头砍木头，费时又费力，刀刃也被砍出很多缺口。两个剑川徒弟用有缺口的刀去削木头，一拉一送之间竟然削得比较整齐。他们的动作启发了鲁班，鲁班由此发明了锯子。《鲁班传“木经”》这个故事，更具有传奇色彩。很久以前，皇上要盖揽月楼，一个剑川木匠和他的儿子阿生波被征到工地做木工活。鲁班化身为一个老人，考验阿生波的为人，见他忠厚老实，尊敬老人，便把“木经”口传给他，还亲口封剑川为“木匠之乡”。在白族民间，“木经”是木工匠艺的基本口诀，但因为是口传，至今只流传下来有限的几句，让人惋惜。在《木圈圈和小木槌》这个故事中，鲁班师傅也是化身一位老人，用神力救了一个叫阿松的小学徒，先后送给他篾圈、小木槌，让他过上好日子。鲁班的妻子在白族民间也有一些传说，她是一个非常聪慧的女人，据传木匠现在用的“巴掌”“三只脚的木马”等工具，都是她发明的。

《雕龙记》是白族民间故事中的经典作品，也是龙的传说与木匠故事的有机结合。这个故事表现了人和龙的关系，善与恶的对立和抗争，表现了手艺高超的木匠在与龙斗争的过程中所展现出来的技艺和智慧，同时表现了在生产力低下的时代人与自然的抗争。《雕龙记》有生动的人物形象、一波三折的情节和一个大团圆式的结局，比较符合民众的审美观。相传在很久以前的一年清明时节，外出的木匠师傅们都回家乡来参加春耕。其中有一位是家住东乡的杨师傅，这位师傅手艺高超，能雕龙画凤，建盖四合五天井的大瓦房、出角抢水的大牌坊。杨师傅带着自己的独子七斤路过邓川一个村庄的龙潭。不料龙潭里住着一条母猪龙，它浑身乌黑，生性凶暴，盘踞在阴森可怕的潭子里，同人作对。杨师傅的儿子七斤不幸被母猪龙吃了，这让杨师傅伤心欲绝。杨师傅的遭遇是不幸的，也很让人同情。此事让杨师傅无法回家向亲人交代，因此引出了后面复仇的故事。在这个故事中，杨师傅高超的手艺和为子复仇的决心，二者缺一不可。他决心为民除害，为子报仇，同母猪龙斗一场。

作为木匠的杨师傅手艺高超，善于雕龙画凤，他还读过《木经》，懂得神咒。所以立誓要刻出一条木龙，用颜料涂抹起来让它和真龙一模一样，然后念上神咒，替木龙“开光”，使它活起来，择日丢进龙潭和母猪龙厮杀，直到把这孽畜消灭。但是，第一次雕刻的白龙在农历六月二十四的战斗中失败了。杨师傅的可敬之处在于他没有轻易放弃，而是准备继续与母猪龙开战，并且得到了铁匠赵师傅的相助，因为母猪龙最怕的就是铁器。周围的村民也纷纷加入进来，给予他各种帮助。杨师傅的复仇之路虽然曲折，但是多次得到他人帮助，胜利在望。这期间，母猪龙曾三次化身为人前来破坏。第三次时还化身为一个老和尚，这一次母猪龙的伪装很容易蒙蔽人，因为大理白族有礼佛、敬佛的传统，大家都没有提防老和尚。但在母猪龙实施破坏的过程中，还是被及时发现了，人们又一次挫败了母猪龙的阴谋。母猪龙三次化身为人前来破坏，三次阴谋都没有得逞，增加了故事的曲折性。

第二年农历六月二十四正午，杨师傅雕的木龙终于成功了。它浑身装甲，白晃晃，亮晶晶，真是白银一般的身段，将其摆在广场上，好不威风。大龙身边还放着八条小龙，周围群众一齐来看杨师傅替大龙、小龙“开光”。“开光”后的大龙、小龙便与母猪龙展开了激烈的战斗，最后的决战场面是很精彩的，地面上杨师傅带领众人观战，人声鼎沸，为白龙助威；天空中九条白龙围着母猪龙开战，打得难解难分。战场很大，“十条龙从南方的下关打到北方的上关，一百二十里的天空成了战场”。在民间传说中，这样生动细致和传神的描写是少有的，为害人民的母猪龙终于被镇压在洱海底下。每年农历六月十四晚上，它都想造反，人们就漫山遍野点起火把吓唬它，母猪龙以为白族人民又在连夜雕刻木龙，就不敢作乱了。

流传于剑川的还有《木匠翰林》《李四维告御状》《木马浸水一分三》《唱曲传艺》等作品，多角度且生动地展现了剑川木匠的智慧与才艺。在《唱曲传艺》这个故事中，木匠师徒做工时遇到吝啬的财主，财主想方设法要扣他们的工钱。木匠师徒则同财主斗智斗勇，维护自己的利益。财主不让他们师徒一起做活，让徒弟独自上楼装板壁，不让师傅指导他。师傅便用白族“对调子”的方式，唱着曲子指导徒弟，最后顺利完成活计，拿到了工钱。在《木匠翰林》这个故事中，木匠的儿子马汝为考入翰林，因为看不惯官场的黑暗，宁愿回乡做木匠，用手艺养活自己和家人。由此，可见木匠的地位在白族民间是很高的。

文人故事

大理是文献名邦，在大理古城的南门，古朴的城楼上挂着一块写有“文献名邦”四个大字的匾，匾上的字是清康熙四十年（1701年）云南提督偏图写的。历朝历代大理白族聚居区都活跃过不少才华出众的文人，他们或文采卓著，或风流倜傥，或生性高雅。在大理民间，流传着许多文人雅士的故事。他们有的是白族文化养育的文人，有的是汉族人士，但都与大理山水结下缘分。他们的故事出自民间，记载的多是文人求学上进的风雅之事或是与坏人斗争的各种轶事，代表了民众对他们的喜爱和欣赏。比如明朝解元杨宗尧、杨士云，四川状元杨升庵，大理文士李元阳、赵雪屏、王兆、赵藩等。

历代文人留下的传说与各种故事，是组成大理民间文学的重要内容之一，它的内涵丰富，意义深远，代表着地方民间文化的特色。这些文人留下的遗痕，已经成为白族民间文学中很有特色的一部分。有学者认为，文人故事与机智人物故事有相同之处，即文人运用能谋善文的特点嘲讽时政、讽刺官人，经常把官人嘲笑得狼狈不堪，以满足大众的审美心理。

在民间传说中，对那些有名的人物，总会附会上一些神奇的故事。

赵雪屏，名汝廉，大理下关人，明嘉靖年间进士，翰林院庶吉士，官至都察院副都御史，是大理著名文人之一，与喜洲杨弘山（杨士云）、大理李中（李元阳）齐名。相传他弃官归里，不治宅第，常与农人、樵夫相处，民间也流传着一些关于他的故事。《一升米》这个故事讲述赵雪屏小时，家境贫寒。有一天，他妈妈刚刚买回来一升米，就有一个道人前来化缘。妈妈本来不想给，但是赵雪屏见道人提的竟然是一个没有底的提箩，心里不免诧异，就劝妈妈把这一升米给了道士。道士竟然也能把这一升米全部收入那个没有底的提箩之中。赵雪屏后来跟着道士来到江风寺，喝了三口道士葫芦里的水，收了道士给的一锭墨。从此他读书过目不忘，最后中了进士。这个故事中有一种神秘的气氛，把赵雪屏的聪明才智，归结于得了道人的真传，而这位道人也是一位奇人。

李元阳，号中溪，明太和（今大理）人。明嘉靖年间翰林院庶吉士，官至荆州（今湖北）知府。相传他是宰相张居正的老师，是明代大理很有名气的文人。他和杨弘山、赵雪屏并称为“三名士”，有“上有弘山，中有中溪，下有雪屏”之说。晚年辞官居于苍山斜阳峰下，与杨升庵相交甚厚，留下很多唱和诗，民间还流传着许多关于他的传说。《灭十族》主要讲述他和学生张居正之间发生的一段故事。据说李元阳辞官回到大理后，隐居在苍山斜阳峰下的下关“龙窟洞”，死前在苍山十九峰上建了十九个假坟。他为什么要真真假假地设那么多疑冢呢？原来有一段不可泄露的隐情迫使他不得不这样做。当年张居正年轻时杀过一只狐狸，这狐狸曾经还救过他的命。李元阳劝他手下留情，以免遭到灭九族的报复。张居正竟然说：“莫说灭九族，灭十族又何妨！”李元阳听了很吃惊，他想，如果灭九族倒是不涉及老师，如果灭十族就要祸及老师了！这个人将来虽能得到高位，但是一旦犯罪恐怕连我也会受到株连。于是借故说闻不得狐腥味，把狐皮还给张居正。不久就辞官回乡了。这个传说中关于明朝宰相张居正的故事，明显是戏说的方式，和历史上的张居正并不是一回事，完全是以民间的视角去想象宫廷的生活。比如张居正嫉贤妒能，和皇后娘娘在地道私通，完全是民间的戏说。后来，张居正果然犯了事，皇帝下令灭他十族，李元阳这位老师也受到株连。但李元阳有先见之明，早已告老还乡，死前在苍山十九峰每个峰上都建了座假坟。钦差大臣来到大理，踏遍了十九峰也没有找到他的坟。这个故事主要是突出李元阳和张居正的师生关系发生巨大变化后，李元阳如何利用自己的聪明才智化解危机，体现了他过人的智慧。

大理民间流行几句话：“四川状元郎，流放在云南。寓居点苍山，美名天下扬。”这个状元就是杨升庵，名慎，字用修，四川新都人。他学识渊博，著述丰富，曾被誉为“明代三百年间第一人”。明嘉靖三年（1524 年），因“大礼议”受廷杖，发配云南永昌卫（今保山）。他的后半生在云南度过，多数时间又是在大理点苍山下度过，与大理白族结有一份情缘。所以在大理洱海一带的白族民间，流传着很多关于“杨状元”的趣闻轶事。有一则《充军碧鸡关》讲述了杨状元来云南的经过。杨升庵二十四岁中了状元，三十二岁时，因多次直言进谏惹怒了嘉靖皇帝，皇帝要把他充军问罪。满朝文武为此议论纷纷，一班奸臣却幸灾乐祸。一天晚上，一个奸臣找到杨家，同杨状元闲谈。他想知道杨状元想去何处，说自己可以在皇上面前为他说好话。杨状元早看出这个奸臣心怀鬼胎，灵机一动答道："不瞒你说，我是宁充海外三千里，不过云南碧鸡关。都说南蛮之地山高水长，蚊子都有半斤重！万万去不得。"二人斗智斗勇，最后杨升庵如愿被充军到云南永昌卫（今保山）。皇帝为了不让杨升庵好过，先派一名钦差前往云南考察。钦差磨磨蹭蹭走了一个多月，才来到云南地界，却被云南的"险恶"吓得逃回京城。这个传说以戏谑、幽默的风格描述了云南独特的民情风貌。在明代，云南地处边远，历来就是充军发配之所。但是民间传说为了表现杨状元的聪明才智，把他来云南的经历描写得生动曲折。

《状元巧进大理城》是流传于大理的另一则故事，主要讲述杨状元来大理第一天的事，讽刺了那些以貌取人的官绅做派。杨状元到大理第一天，就对官绅进行了戏弄。迎接他的官绅以貌取人，偏偏杨状元却扮成一个货郎肩挑货郎担，手提货郎鼓前往大理，还作诗一首讽刺官绅："小小铁针三寸长，横冲直闯都向前。眼睛生在屁股上，只重衣裳不重人。"真是迎官厅里戏绅士，状元巧进大理城。杨状元在大理期间，除了采集民间创作的杂歌、古谚、古语、鄙诗、野语、俗言、民语外，还关心农业生产。一则《种生姜》的传说，从另一个角度讲述杨状元对大理的贡献。相传是杨状元从家乡四川引来生姜，并教会白族百姓种植的方法。

赵藩，字介庵，又字樾村，号石禅老人，剑川县向湖村人，光绪乙亥举人，任四川盐茶道、臬台等。辛亥革命后，曾任广州军政府交通部长，云南省图书馆馆长。赵藩擅长楹联，作品通俗易懂，哲理性强。四川成都武侯祠有他的名联："能攻心则反侧自消，自古知兵非好战。不审势即宽严皆误，后来治蜀要深思。"昆明大观楼的"孙髯翁长联"，也是他所书。在剑川一带流传着很多关于赵藩的故事，他是生活在近现代的文人，他的很多事对我们而言并不遥远。

《滇中老猴》这一则，讲的是赵藩成名之前的故事，但他的性格已经可以从中得到体现。赵藩有一枚印章，刻着“滇中老猴”四字。关于这枚印章，还有一段故事。传说，赵藩小时候读书很用功，整天伏在案上埋头读书，年深日久，有点驼背。清光绪年间他去应考举人，主考官见他面貌清瘦，缩头驼背，就和监考官讥笑他，说：“猴年大比，滇中无人，老猴也来应考，哈哈哈……”赵藩非常气愤，心想：“考举人又不是选美女，怎么能以貌取人？真是欺人太甚！”这年考试，赵藩没有考中。他虽然很伤心，却没有灰心，刻了一枚“滇中老猴”的印章，决心为云南人争一口气。赵藩回到家中，闭门苦读了三年，学问大有长进。清光绪乙亥年（1875年），又逢开科，他满怀信心地去应考。皇天不负有心人，终于考了个第四名。后来，赵藩到四川做官，先做盐茶道，再做到臬台。他善于做对联，又写得一笔好字，在四川名噪一时。当年讥笑赵藩的那个主考官恰好也在四川，很欣赏赵藩的对联，就来请他写一副。赵藩记得他，他记不得赵藩了。两人见面，赵藩淡淡地说：“可记得‘猴年大比，滇中无人，老猴也来应考’乎？”并在所写对联上特意盖了“滇中老猴”的印章。那主考官想起往事，面红耳赤，连声说：“人不可貌相，海水不可斗量。此话古已有之，深恨有眼不识泰山。今后若滇南之士，当刮目相看。”

《“章疯子”与“赵病翁”》这一则，讲的是赵藩和章太炎的往事，也展现了赵藩爱憎分明的性格。辛亥革命后，赵藩被选为临时国会议员，当时袁世凯操纵国会议员，准备称帝。在一次临时国会会议上，章太炎当面揭露袁世凯想当皇帝的野心。袁世凯的心腹议员们大骂章太炎是“章疯子”，群起围攻，赵藩却作了一首诗赠章太炎：“君是浙西章疯子，我是滇南赵病翁。先生岂狂我岂病，补天浴日此心同。”章太炎退出国会，赵藩也拂袖而去，称病回云南，极力赞助和支持蔡锷、李烈钧等人发动的护国运动。

大理的文人传说很多，也是白族文化传统的一个支脉。它在民众的记忆中千古流传，体现了百姓对这些文人的尊敬。虽然他们多少有些文人的狂傲，但是得到百姓喜爱的文人，身上除了过人的才华，一定还有人性的光辉。

民间传说为他们的性格、行为蒙上了一层神秘的色彩，也体现了民众的审美理想，能永远活在民众心中，不失为文人最好的归宿之一。

机智人物

机智人物故事是劳动人民创作的一种特殊的文学形式，深受群众的喜爱。这类作品的主要特点是大都具有幽默感，富有喜剧性，可以让听者从中得到身心的愉悦。有学者研究后认为，这类故事是阶级矛盾日趋尖锐的产物，作品主题鲜明，表现出劳动者不甘被奴役和摆脱不合理境遇的愿望。

机智人物故事中的主人公大都是普通劳动者，他们虽然是弱者，但聪明、诙谐、乐观，有高超的斗争艺术，所以在与恶势力做斗争的过程中往往能以少胜多、以弱胜强，取得胜利。从形式上看这类故事内容单一，情节简短，语言诙谐，嬉笑怒骂皆成文章，比较符合民间的审美。白族民间也有很多机智人物，他们虽然身居底层，却有过人的智慧。机智人物故事，流传在洱源、云龙两县的有六八的故事，流传在剑川的有张三丰、陈世泰的故事，流传在鹤庆的有赵成的故事等。

六八的故事有《治土官》《巧吃鸡鸭》《六八拜寿》等二十多篇，其中《巧吃鸡鸭》故事梗概为：土官对待家奴、长工十分小气，六八看不下去了。一天，土官要吃鸡鸭，叫六八去杀鸡宰鸭。六八挑了最肥的一只鸡和一只鸭，提进厨房去杀。煺毛时，他一边煺一边用毛根在鸡鸭身上戳了许多洞，然后放进米汤里泡，再用火燎，那些小洞灌满米汤就像黄色的脓包。他提着鸡鸭问土官："这鸡鸭有病，遍身长满脓包，你吃不吃？"土官看着恶心，摆手说丢掉。六八就把鸡鸭煮成一锅，分给家奴和长工们吃掉了。

邓川（今洱源）流行艾玉的故事比较多，比如《打大白鸡》《换马》《推磨》《撑船》等。艾玉这个人物，据说真有其人，是明朝时邓川（今洱源）人。他出身贫苦，小时候给财主家当过长工。他好学习，又有才华，后来考中进士又不愿意做官。他既是文人，也是民间机智人物。在民间传说中他有不同的身份，但总体上是一个有智慧和幽默感的人物，在生活中他嘲讽的多是财主之类的"坏人"。比如下面这个传说，他就是利用财主的愚蠢对财主进行捉弄。

艾玉的阿妈死了，家里一贫如洗，他向人借贷安葬了母亲，为还债只好到一个财主家去打工。这财主是个贪心又愚蠢的人。财主天不亮就要艾玉起来挑水、扫地、劈柴、烧火、做饭，还要推磨、舂碓、喂牲口，恨不得在艾玉的骨头里榨出油来。一天，艾玉肚子疼得厉害，浑身冒虚汗，财主却指着四箩包谷对艾玉说："你今天要把这四箩包谷磨出来。"艾玉说自己肚子疼得厉害，请求东家能不能让他歇一歇。财主眼睛瞪得滚圆说："不行，不能白养人！"艾玉只好挣扎着起床去磨包谷。没想到吃过早饭财主的肚子也突然疼了起来，躺在床上直哼哼。艾玉听到财主老爷在哼哼，马上有了主意。他跑到财主床边，对财主说要多谢他，因为是他叫自己推磨，才把肚子疼给医好了。财主果然上当自己跑去推磨，硬把磨杆磨完了四箩包谷，财主的肚子果真不疼了。他还对艾玉说："磨包谷的事，你千万不要告诉别人！"艾玉说："东家，这可是一个秘方啊，我自然不会告诉别人的。"

这个故事中艾玉的机智可见一斑。白族民间故事中的艾玉，反映了白族人民对真善美的追求，对假恶丑的鞭挞，闪烁着白族文化的智慧之光。艾玉的故事，可与阿凡提的故事相媲美，又有着白族人独特的个性。正因为这样，艾玉的故事，在白族聚居区流传很广，一直延续至今。

有时候他捉弄的对象不一定是财主，有可能是身边的人。而这种捉弄从某种程度上说，也是一种自我保护的手段。在《拜寿吃鸡》的故事中，艾玉捉弄的对象就是自己那个嫌贫爱富的老丈人。这类传说一般都比较短小，类似于笑话，以讽刺幽默的风格为主。其中的爱憎却是非常分明，捉弄的都是贪婪的富人或者伪善者，同情的都是弱者和善良的穷人。

艾玉这个人物，是民间智慧的集大成者。在传说中，他的身份多变，有时是穷人、帮工，有时是别人家的女婿，有时候是进士，可以帮助知县审理案子。在《巧审大善人》的传说中，他摇身一变，以进士身份代替知县理政一个月，巧审了一个虚伪的“善人”，并当众揭穿了他的伪善。

赵成的故事，流传于鹤庆等地，赵成也是一个有着过人才智的民间人物。他因为家贫，先后在几个财主家帮工。几乎每个财主都上过他的当，被他嘲弄过，其中的讽刺幽默也非常明显。比如《吃多了胀肚子》这个故事，就是典型的“以子之矛攻子之盾”。

赵成在大财主蒋老统家当长工。蒋老统对待长工非常刻薄，活要多干，饭不给吃饱，哪个多吃一碗，他就在旁边叫嚷“少吃点，吃多了肚子胀，走不动路干不了活”。后来县太爷请蒋老统进城赴宴。天还未亮，蒋老统就叫赵成起来喂马，太阳一出来，就骑马上路。从蒋老统家到县城有三十多里路，才走了十多里，马就不走了，任你如何打它，它也不走。蒋老统问赵成：“往日马跑得快，今日为何不走？是不是没有给它喂草料？”赵成如实回答说没有喂。蒋老统一听火了，呵斥他走长路为什么不给马喂草料。赵成不慌不忙地回答：“老爷，您不是常说‘少吃点，吃多了肚子胀，干不了活，走不动路’吗？我怕今天路长，马吃多了跑不动，就没给它喂草料。”在他的机智面前，财主无话可说。

《半夜绣花》也是这样的故事。一天半夜，赵成春完米刚进屋躺下，蒋老统就在屋外吼开了：“赵成，太阳都晒着屁股了，还不起来干活！”赵成在屋里回答：“好的，就来，我在绣一幅花，再有两针就完了。”蒋老统吼起来：“黑灯瞎火的，你绣什么花？”赵成答道：“老爷，您怕是闯着鬼喽，半夜去哪里找太阳？下哪样田吗？”说完就蒙头睡他的觉。

机智人物都有一个共性，他们的逻辑思辨能力都很强，善于从对方的语言中捕捉漏洞，再反击回去，以达到幽默的效果。

黄丈三，民间传说中他还有个别名，叫谎丈三或者滑丈三，意思是聪明过人，能言善辩，经常让人上当。大理、云龙、洱源一带都流传着他的故事，他捉弄的也多是财主、富人之类。在《讨口彩》这个故事中，他针对的就是村里的富户申九。申九对他很苛刻，这才导致他的反抗。这年开春，申九家的大少爷要去赶考，申九备了满满一筐礼物，一是为了送礼，二是想讨个吉利。申九问背东西的黄丈三：“重不重（中不中）？”黄丈三知道申九的用意，故意说：“不重。”申九瞪了他一眼，又拿出几包东西加上，问：“这回重不重？”黄丈三说：“还是不重。”申九很生气，干脆再加上几包东西。黄丈三说：“再拿也是白搭，压是压得死，就是不重（中）。”申九拿他没办法，只好把东西都拿下来。黄丈三偷偷乐了，这样路上可以轻松些。可以看出在和主人的对抗中，黄丈三的反抗其实比较有限。他知道自己的身份，只能在有限的范围利用语言的谐音和差异来表达自己的不满，同时也制造了讽刺幽默的效果。

白族民间有很多类似的机智人物传说，这几个人物是其中的代表。他们的故事在民间喜闻乐见，受到民众的欢迎，也在一定程度上代表了民众的审美观念和价值取向。

讽喻故事

白族民间流传着一些讽喻故事，它的形式短小、幽默，有一定讽刺性。讽喻是一种文学艺术表现手法，以一个完整的故事做喻体，说明一定的道理，听者可以从中受到警示，体会到白族人特有的智慧与幽默感。云南人民出版社出版的《白族民间故事》中收入了一批相关作品，比如《不爱做》《多收二斗五》《养女不如种桃》《两口子拜灶君》等，从篇名上就可以感受到这种文体的独特性，诙谐、幽默，又有一定的讽谏性。

《不爱做》讲述从前有一个人，名叫“不爱做”。他看见人家坐轿骑马就眼红，成天只想吃好的、穿好的，可自己就是不爱劳动，没有多久就愁闷死了。死后，判官查生死簿，发现他阳寿未终，要他回到人间去。可是不爱做不愿去，他想找一个既不用干活又能过日子的去处。阎王就叫他去投胎成花猫，变作“乌云盖雪”可以讨得主人欢喜，就有好吃的了。可是变成猫之后，他仍旧不满足，又馋又懒。阎王又让他投胎变成美女，去找世上最慈善的人，不爱做因为懒，最后被活活饿死。阎王只好把他变成一只夜壶。故事中对好吃懒做的人充满鄙视，也有明显的劝诫之意。

《两公婆》这个故事也很有现实意义，它讲述从前有一对夫妻，又馋又懒，在家无事只会空想。女的问男的：“如果明天上山去砍一捆柴，背到街上卖了要买什么？”男的不假思索地回答：“先割两斤肉。”女的又问：“肉买回来咋个吃法？”男的说：“青辣椒炒肉，好下酒。”女的一听不同意，说要剁成碎肉，汆丸子才好吃。男的却坚持要做成青辣子炒肉。两人各持己见，互不相让，后来竟动手打了起来。隔壁大妈赶过来劝架，问他们为什么打架。他们说了缘由，大妈笑起来说：“把肉拿来给我，我帮你们分成两半，一半炒，一半煮，这不就成了吗？”两口子这才想起来，吵了半天肉还没有买回来，连明天上山砍柴的刀都还没有磨呢！女的说：“明天背柴的绳子也还没有搓呢！”这个故事主要是劝诫生活中的空想家。

《养女不如种桃》这个故事，讽刺对父母不孝的行为。老人养了三个女儿，她们都不愿意孝敬父母。老伴去世后，老人到三个女儿家中，她们都以种种借口不给父亲饭吃，老人只好吃院子里树上的桃子充饥。老人听了邻居出的主意，假装病死，三个女儿一来便假惺惺地哭，都撒谎说自己对父亲如何的好，父亲生前自己给他吃了多少好吃的东西。父亲一听她们的谎话，气得一下子坐起来，提起长烟杆就去打三个女儿。所以民间流行一句话：养了没良心的女儿，还不如种桃子消除饥饿。这个故事的教育意义也是很明显的。

《偏心灯》这个故事，讽刺的是生活中某些信佛心不诚的人。它讲述一个乡村的老妈妈，很信奉观音菩萨。把观音的像供在家里，每天晚上都要点灯、磕头、祷告，请求观音菩萨保佑自己。后来，老妈妈的行为感动了观音菩萨，观音菩萨决定下凡来亲自试试老妈妈的心到底诚不诚。老妈妈到街上卖生姜，观音就化身为一个山区老奶奶，来向她买生姜。没想到老妈妈做生意时是个狡猾的人，在秤上做手脚，卖三斤生姜只给称两斤。观音生气地指责她：“两斤当作三斤称，怕你点的是偏心灯。观音也难度化你，善口不善心。”从此，“善口不善心”便用来指责那些口是心非的人。

白族的讽喻故事寓事理于故事之中，含蓄、委婉，能给人以启迪和引导。它也有一定的批评意味，但是一种善意的规劝。

革命故事

随着时代的发展，白族聚居区也经历了解放的过程。白族聚居区流传的革命故事，内容比较广泛，有的是其他地方传过来的。比如贺龙的故事在白族聚居区也有流传，因为他曾经亲率红军路过宾川，留下了革命的佳话，所以大理地区的人喜欢听他的故事，如《两把菜刀闹革命》《贺龙借粮》《贺龙换马》《贺龙挥臂擂石鼓》等；还有的是反映红军过云南时发生的故事，比如《红军攻打宾川城》《红军草鞋治痧症》《红军医生》等；有反映滇西北地下党组织领导武装斗争的故事，如《四六暴动》《解放云龙》等。

《红军攻打宾川城》讲述的是 1936 年 4 月中国工农红军第二军团第六师路过宾川攻打县城、州城的故事。4 月 20 日拂晓，侦察连和两个营分别在东门、南门占据了有利地形，另一支部队则从西面包围了州城，而后派出 1 名参谋长和 5 名战士为谈判代表，准备通过谈判和平过城。但是敌人的炮弹打了过来，5 位战士和参谋长血洒南熏桥。团长得知参谋长和战士们牺牲的消息，立即下令在天黑以前一定要攻下州城，为参谋长和战士们报仇。通过激战，红军以伤亡百余人的代价取得了战斗的胜利，毙敌 178 人，伤敌 129 人，俘敌 300 人。红军攻克宾川县城后，将当地财主乡绅仓库里的粮食分给百姓。就这样，红军用实际行动赢得了群众的拥护和支持，有 270 多名宾川子弟追随红军北上抗日。

《红军草鞋治痧症》这个故事，表达了白族人民对红军的思念。相传红军不知走了多少路，才来到鹤庆。他们有的衣裳穿烂了，脚走肿了，甚至脚掌有了裂缝，只好包着药走。但精神面貌很好，对老百姓也很亲和。红军走后，鹤庆流行痧症，有些人用中草药治好了病，但多数人没有好。后来，不知从哪里传出个消息，说用红军留下的草鞋烧成灰，是治痧症最好的药，吃了“最课”（白语，最有效）。于是，大家都用红军草鞋来治病，果然把患痧病的人都治好了。

革命故事一直在白族民间流传，现在更是成为革命历史教育的重要题材，它可以让人们记住革命历史，让红军的优良传统代代相传。

民间戏曲

白族民间戏曲，主要有大本曲、吹吹腔（吹腔）和白剧三种艺术样式。作为白族戏曲的典型代表，大本曲、吹吹腔和白剧历经了互为依存、互为促进、并蒂竞绽的发展历程，演绎了共同繁荣的历史文化变迁。

大本曲

大本曲，指大理白族用汉文记录白族语言的唱本。因为有一定人物、情节，所以又被称为“本子曲”。它是大理白族特有的一种古老的民间文艺形式，是白族民间曲艺中具有音乐、人物、情节和故事结构的长篇故事演唱。每本说唱一次完成，长约二至四小时。从历史上看，大本曲源于白族“绕三灵”所祭祀的爱民皇帝段宗榜。据《南诏野史》记载：“凡七十一村，村各奉其本主，各为一队，自成行列，领队为二男子，共扶杨柳一大枝，婆娑前进，载歌载舞，一人主唱，一人打诨，自有曲本，如《叹五更》《摇钱树》等。”

白族聚居区每逢节日，人们都要演唱大本曲。一般是一人说唱，一人用三弦伴奏。一张桌子、两条板凳就可以构成表演舞台，它的演唱形式简便，音乐优美朴实，内容生动感人，在白族聚居区有着广泛而深厚的群众基础。每逢白族的“绕三灵”、火把节这样重大的传统节日，戏台子上的大本曲能唱上几天几夜，连

腔一日游、白族吹吹腔艺术专题讲座、白族吹吹腔脸谱绘制比赛、云龙白族吹吹腔展演、白族吹吹腔艺术传承进校园等系列活动，给功果桥镇群众、各方来宾献上了一场丰富多彩的文化盛宴，其间，还举行了传统的“九三街”物资交流会。

在科技日益发达的今天，娱乐手段多样化，民间艺术的发展也必须开动脑筋，广开思路，才能找到更好的发展方向。

在“首届中国白族吹吹腔艺术节”开幕式上，喜欢吹吹腔艺术的观众大饱眼福，过足戏瘾。因为很多民间戏班都带来了他们的拿手好戏，大达戏班带来《三出首》、汤涧戏班带来《山外来客》、丰城戏班带来《穆桂英大破天门阵》、丹嘎戏班带来《刘成武背板凳》、汤邓戏班带来《李密投唐》、三七戏班带来《樊梨花斩子》、箐干坪戏班带来《跳财神》、云龙县白族吹吹腔艺术团和功果桥镇汤邓戏班联合带来《火烧磨房》……

这是白族吹吹腔艺术的一次盛会，艺人们精湛的演技把现场气氛一次次推向高潮，为观众呈现了一场汇集全县吹吹腔戏班老、中、青艺人的吹吹腔表演大赛。

这对弘扬吹吹腔艺术来说，无疑是一个大好的机会。

白　剧

白剧诞生于中华人民共和国成立后，是以传统“吹吹腔”为基础，吸收白族大本曲的曲调，经过加工创造之后形成的一个新剧种。其唱词形式基本上用白族诗歌常用的“山花体”，用白语和汉语演唱，唱腔曲调有三十多种，表演节奏鲜明，规律严谨，比较古朴，有严格且固定的程式。

1962 年，大理白族自治州在原大理县吹吹腔剧团的基础上，抽调大理白族自治州歌舞团部分演员和演奏员组建成大理白族自治州白剧团，这是白剧历史上第一个专业剧团。

白剧剧目丰富，目前收集到400多个，其中传统剧目300多个，中华人民共和国成立后新创、整理、改编的剧目130多个，内容主要有袍带戏、生活剧、民间传说故事剧、新编历史剧和现代戏5类。大理白族自治州白剧团自1962年成立以来，先后上演了《红色三弦》《苍山红梅》《望夫云》《阿盖公主》《情暖苍山》《苍山会盟》《白月亮白姐姐》等剧目，并多次被选调进京演出，或在国内外巡回演出。曾荣获“文华奖”“中国曹禺戏剧文学奖·剧目奖”等国家级大奖，团体和个人获国家级奖项近百项。

多年来，白剧博采众长，吸收了京剧、滇剧、花灯、川剧等戏曲剧种的表演手段以及本民族和其他民族的舞蹈元素，使其表演更加丰富多彩，既保持古老剧种的民族特色，又注意戏曲的程式化、生活化，具有鲜明的时代特点和民族特点，产生了一批有一定知名度和影响力的白剧艺术家，吸引了不少专家学者对白剧艺术进行研究，在大理白族聚居区有着深厚的群众基础。

2008年6月14日，白剧经国务院批准被列入第二批国家级非物质文化遗产名录。

白剧《望夫云》

1980年由杨明、陈兴、张继成创作，由云南大理白族自治州白剧团上演的白族剧目《望夫云》，代表了一代新白剧的表演风格及艺术特色，《望夫云》是人们公认的白剧的代表性剧目。在剧本中，《望夫云》既保留了原传说中“神气化云”的情节以及反抗邪恶势力、争取婚姻自由的基本精神，又增加了一些富有地方民族特色的情节，巧妙地把《龙凤姻缘》《白圭姑娘》这两个白族民间传说与《望夫云》糅合在一起，丰富、发展了剧情。全剧具有浓郁的白族艺术特色，唱词采用白族民歌前三句七字、后一句五字的“山花体”句式，唱腔使用明快的白族大本曲和吹吹腔。《望夫云》于1981年获全国少数民族文学创作奖，于1982年获全国话剧、戏曲、歌剧优秀剧本奖。

白剧《望夫云》取材于白族有名的民间传说。据说在大理，每当腊月时节，只要苍山的玉局峰顶出现簸箕形白云，洱海会立即变得波涛汹涌。这个自然奇观引出一则民间的古老传说。相传南诏公主与一个民间青年相爱，却因为身份不般配，被南诏王阻止。两人无奈只能私奔，躲入玉局峰崖洞内。后青年为盗八宝袈裟给公主御寒，变作飞鸟入宫，不料被和尚施法术将其变为石骡，沉入洱海海底。公主死于洞中，怨愤之气化作一朵云，升于玉局峰顶。从此每年腊月时，此云若现，海底石骡必叫，狂风顿起，吹开海水，现出石骡……

这一曲充满民间瑰丽色彩和悲剧内涵的“云之歌”，其不只是对双双死去的情人的赞美和怀念，也是对白族青年不屈从专制统治、向往幸福和自由的讴歌。

白剧《望夫云》全剧共9场，描写古代南诏国阿凤公主厌恶宫廷生活，与苍山猎人阿龙相爱，横遭南诏王和罗荃法师的阻挠和破坏。阿龙在凤羽仙的帮助下，救出被幽禁的阿凤公主，逃居苍山。罗荃法师奉南诏王之命，将阿龙打入洱海，化为石骡。阿凤望夫不归，化为白云，飘浮在苍山玉局峰顶。剧中几个主要人物，阿凤公主的机智、勇敢、善良、多情，阿龙的敦厚、英武，南诏王的虚伪、固执，罗荃法师的凶残、奸险，都得到了较好的刻画。

白剧《阿盖公主》

白剧《阿盖公主》取材于南诏历史，与郭沫若先生的著名话剧《孔雀胆》出于同一个故事。这是一个政治阴谋与爱情悲剧相交织的故事，讲述了元朝末年，元朝在云南的统治者梁王为笼络大理总管段功，将女儿阿盖许配给段功为妻，以达到稳定元朝在云南统治的目的。段功以卓越的智慧与平易近人的品格，深得民心。后来梁王听信奸人谗言，生怕段功功高盖主威胁到自己的统治，于是密令女儿阿盖用孔雀胆炮制的毒酒杀害段功。美丽善良的阿盖公主没有屈服于权势，她违抗父命，劝段功一起逃回大理避祸。然而耿直的段功却坚信无辜者必能洗清自己，“一走反遭千古骂名”的愚忠信念，欲与梁王辨别是非曲直。奸臣石拉暗设埋伏，段功最终还是被梁王杀害。阿盖因丈夫被害，喝下父亲梁王曾要毒害段功的毒酒，以死殉夫。

白剧《阿盖公主》通过“赐夫”“夺夫”“劝夫”“扶夫”“殉夫”五场，构成全剧的线索，“夫”字前的五个字结成矛盾冲突的疑点和戏剧动因，层层推进，高潮迭起，演绎出令人扼腕拍案、叹气悲泣的一幕幕人生悲剧。白剧《阿盖公主》的题材虽然与郭沫若的著名话剧《孔雀胆》相同，但剧作者独辟蹊径，以白族人的文化视角重新解读历史，以“蒙古姑娘阿盖是我们白族好儿媳”为情感主线，重新编织情景与故事。剧本写的仍然是宫廷戏，但侧重表现的是夫妻情、父子情，对人情、人性的深入探索，使故事充满凝重悲壮的色彩。全剧最后将段功之死引申到“民族一定要团结”的主题上，对阴谋制造者暗含批判和谴责。《阿盖公主》上演之后，先后获得云南省弘扬民族文化优秀剧目展演综合一等奖、表演一等奖、音乐一等奖、剧目创作银奖等九个奖项，第三届中国艺术节演出一等奖，全国戏曲“天下第一团”优秀剧目展演一等奖，文华单项奖。剧本获云南省政府奖银奖。该剧于 1996 年被选入中央电视台“戏曲精品库”。

民间艺人

白族是一个热爱生活的民族，曾经出现过一些有影响力的民间艺术家，他们创作的大本曲广泛流传，深受民众喜爱，有鲜明的时代精神。其中，被民众尊称为“白曲爷爷”的张明德在白族群众中有广泛影响。大本曲创作的代表性人物还有几位，分别是大本曲北腔代表黑明星、南腔代表杨汉、海东腔代表李明璋。他们对白族大本曲的传承起到了重要作用，各有特色和贡献。大本曲分为“三腔九板十八调”，三腔即南腔、北腔、海东腔三个艺术流派，这三个流派在唱法上有所区别，比如规韵、收腔、开腔，唱出的味道不一样。中华人民共和国成立后，新的时代机遇为他们提供了创作的大舞台，他们犹如枯木逢春，获得了艺术的青春，创作了许多歌颂党、歌颂社会主义、歌颂新生活的新作品。这些作品在社会主义建设的进程中，发挥了重要的作用。

“白曲爷爷”：张明德

据《剑川县志》记载，张明德（1900—1973 年），著名歌手，剑川县金华镇班洞河村人，幼年读过几年私塾，十三四岁时学做木匠，十六七岁开始务农。在劳动中他结识了一些老歌手，向他们学会了弹三弦，记熟了许多民间曲调和叙事诗，基本上掌握了白族民歌的格式、韵律、风格以及演唱的技能，并开始创作，自编自弹自唱，后来成为一名出色的年轻歌手，远近村寨都请他去演唱。

他创作的民歌，阶级性比较突出，比如下面这首痛骂地主的歌。

富家娘，高楼大厦哪里来？
日晒雨淋管不着，悠闲来乘凉。
不种庄稼去收租，一滴汗水一颗粮。
可恨你这老妖婆，快快见阎王！

歌中表达了对阶级压迫的不满和反抗，深受老百姓喜爱，但是民歌会给他惹来祸端。所以中华人民共和国成立前的张明德，并不能靠演唱民歌立足。为了躲避国民党的兵役，他只能背着龙头三弦离开家乡，过着流浪的生活。

中华人民共和国成立后，张明德迎来了民歌创作的春天。他像一只自由的小鸟，身背龙头三弦为群众放声歌唱，白族人民喜爱他、尊敬他，亲切地称他为“三弦伯伯”“白曲爷爷”。在白族聚居区建设社会主义事业的过程中，他创作的歌谣起到了积极的宣传作用。他先后创作了一批具有时代特色的民歌，在民间广为传唱，如《欢迎中央慰问团》《二万五千里长征》《唱红军》《雷锋》《夺印》《保匪作乱》《斗地主》等，在配合政治宣传方面起了很大作用。

1950 年，为支援解放西藏，他主动报名参加修筑滇藏公路。春节将至，许多民工想回家过年，影响了工程，他就创作了《筑路歌》和《二万五千里长征》到民工中去唱，号召民工们用红军不怕远征难的革命精神，伸出友爱的双手，去解放受苦受难的西藏同胞。民工们深受鼓舞，纷纷表示，春节不出工地，加速修公路。在公路落成通车的庆功大会上，张明德被评为一等功臣，政府还奖了他一头耕牛。他还创作了《滇西北武装起义》《征服老君山》《大战三甸箐》《新放鹞曲》等短诗和长诗共 100 余篇，记录整理了 10 多篇传统本子曲、数百首民歌，受到了群众的欢迎和各级党委的重视，曾被选为剑川县人大代表、云南省人大代表、大理白族自治州政协委员。

张明德作品的魅力集中体现了四个“善于”：善于利用白族群众中流行的俗语、俚语、成语和歇后语；善于利用渗透了白族人价值观和审美观的含蓄之词，语言风趣，比喻生动；善于采集白族传统民歌中的佳句、精段，吐故纳新，古为今用；善于运用对比的手法突出主题，加深听众印象。这四个“善于”概括了张明德民歌创作的主要特色。

1960 年，张明德参加第三届全国文学艺术工作者代表大会，受到党和国家领导人的亲切接见。他创作了《老木逢春》，在中央人民广播电台播出，以表达自己对党和国家的感激之情和对人民领袖的热爱之情。

难忘七月二十三，就像喝了人参汤，
北京见了毛主席，身体很健康。
高大身躯直如箭，春风满面放红光。
心中默念领袖好，祝幸福无疆。

歌中表达了一个普通白族民间艺人对人民领袖发自内心的热爱之情，情感质朴，语言简洁明了。

张明德创作的很多新民歌，都在白族人民中产生过广泛影响。

大本曲北腔代表：黑明星

黑明星（1921—1993 年），大理市湾桥镇下湾桥村人，著名大本曲艺人。

他自幼热爱大本曲，从小拜师学习，16 岁即单独登台演出。中华人民共和国成立后，在党和政府的关心、培养下，他在思想上得到了提高，在艺术上取得了新的成就，先后创作了《上关花》《施上泽入社》《恩仇难忘》《龙王庙》《三颗螺丝钉》《改邪归正》《曲艺是个轻骑兵》《全家送礼》等曲本，还改编了《双枪老太婆》《艳阳天》等。其中，《上关花》由云南人民出版社出版了单行本，后收入《云南兄弟民族戏曲的花朵》和《少数民族戏剧选》。1957年，云南人民出版社出版了由他演唱、禾雨记录的《大本曲音乐》一书。

“文革”期间，他的大多数曲本被打成“毒草”，并被付之一炬，被迫停止演唱多年。粉碎“四人帮”后，他又焕发青春的活力，积极进行创作和演唱活动。1979年他代表白族歌手参加了全国少数民族民间歌手、民间诗人座谈会，会议期间，他创作了《银苍玉洱》《苍山雪绿》《串春花》《画眉展翅》等非常具有民族和时代特色的大本曲，受到与会者的欢迎。

大本曲南腔代表：杨汉

杨汉（1894—1984年），白族大本曲表演艺术家，云南大理人。自幼学弹弦子，少年时即登台表演大本曲，编唱了《杜文秀造反》等作品。他熟练掌握大本曲“三腔九板十八调”中的南腔，并有所创新，具有自己的特色。他先后编写的作品有《白王的故事》《望夫云》《西厢记》《柳荫记》等100多个传统曲目。

中华人民共和国成立后，杨汉在大本曲艺术上有了更大的提升，他在创作激情和灵感驱使下创作了一批歌颂党、歌颂社会主义、歌唱祖国山河、歌唱新生活的曲目。1953年，他被任命为大理县业余曲艺团团长，1956年被选为中国音乐家协会云南分会理事，并加入中国作协云南分会。同年，杨汉参加在北京召开的全国第一届民族音乐周，他创作和演唱的《大理好风光》受到国家文化部领导的赞扬，并在云南全省文艺会演中获得创作、表演（两个）和音乐四个一等奖。20世纪60年代初，杨汉参加大理白族自治州白剧团，传授技艺并设计音乐，毕生从事大本曲的创作和演唱。

作为大理地区知名的大本曲艺人，杨汉在世时，洱海周围白族村寨的村民们，都以能邀请到他唱大本曲为荣。杨兴廷是杨汉的儿子，也是南腔的第二代传人。杨兴廷 15 岁登台演出，已从艺约 70 年，是目前为数不多精通白族大本曲“三腔九板十八调”的传承人，被列入云南省民间音乐艺人、云南省传统文化百名优秀人才。杨兴廷之子杨森是南腔的第三代传人。他们的家族为大本曲艺术的传承和发展一直在默默坚守和努力着。

2018 年 2 月 11 日，大理白族自治州大本曲南腔传习所专门举办了“杨汉文化暨白族大本曲南腔艺术研讨会”，以纪念这位把一生献给大本曲艺术的民间艺术家。

大本曲海东腔代表：李明璋

李明璋（1936—1985 年），大本曲海东腔代表艺人。大理白族自治州曲艺家协会理事、云南省曲艺家协会理事。李明璋出生于大理市海东名庄，是中华人民共和国成立后自学成才的白族民间艺人，也是广大白族群众公认的大本曲艺术家。他自幼喜爱大本曲，从小就跟演唱大本曲的艺人学习，对白族大本曲的唱腔、曲调有自己的独到的见解。他生前常年深入白族农村演唱，不断提升自己的技艺。在艺术风格上，李明璋善于学习，他的演唱汲取了大本曲南腔、北腔的优点，形成了海东腔独特的演唱风格。

李明璋生前创作改编了一大批反映新生活、为白族群众喜闻乐见的大本曲唱段和本子，对白族大本曲的继承和发展做出了一定的贡献。他把很多历史故事改编成大本曲，一生创作、整理、改编的作品有：《百扇记》《酒醉夫妻》《卖花记》《张中认条》《秦香莲》《墙头记》《梁山伯与祝英台》《火烧白雀寺》《买水记》《张元庆敬宝》《宝串珠》《双丁记》《金铃记》《西门豹》《孙悟空三打白骨精》《巧劝妈妈》《腊梅》《接姑娘》《蛇虎斗》《战斗里成长》《望夫云》等 100 多本大本曲唱本。

李明璋还紧跟时代发展的步伐，创作了不少反映社会主义新农村建设的新面貌、新气象的唱段。他不仅在演唱技巧上有很深的造诣和鲜明的特色，而且在创作上也有很深的积淀。他毕生从事大本曲创作和演唱，基本上都自编自唱。同时，他善于汲取同行的经验，使大本曲演唱在传统曲调的基础上不断创新，逐渐自成一派形成“李明璋风格”。

李明璋为了编好大理白族民间大本曲，并将其发扬光大，曾经自改自编、自演自唱了《红色娘子军》《白毛女》《智取威虎山》《红灯记》《沙家浜》等现当代作品。1964 年，他参加了在北京举办的全国少数民族文艺会演，演唱了大本曲《实验田中一校花》，在京城引起反响，并受到毛主席、周总理等党和国家领导人的亲切接见，中国唱片公司还出版发行了他演唱的唱片。从北京会演回来后，李明璋又到贵州、四川、云南等地巡回演唱 9 个多月，把大本曲唱遍大江南北。

李明璋在不断挖掘、探索的基础上，汲取大本曲南腔和北腔的特色，发展创新了海东腔的唱法，在白族民间广为流传。

李明璋的女儿李丽师承父亲，是白族大本曲海东腔的第二代传人，还是中国曲艺家协会会员、云南省非物质文化遗产传承人。李丽的大女儿李淑娟是大理市非物质文化遗产传承人、大理白族自治州曲艺家协会副秘书长、大理白族自治州白族学会会员，在大理白族自治州民族文化工作团担任白剧演员，是白族大本曲海东腔的第三代传人。

古代作家文学

白族是一个历史悠久，文化底蕴深厚的民族。受所处地域和商业贸易活动等因素的影响，他们在对汉文化的学习借鉴方面有着独到的优势。历史上，白族作家文学在诗歌方面的成就比较突出。几乎每朝每代都有白族诗人和诗作产生，诗歌创作兴盛。南诏、大理国时期，文学艺术得到空前发展，涌现出许多知名文人，杨奇鲲、段义忠、董成三位白族诗人的诗被收入《全唐诗》中，足以见当时的诗歌创作达到的水平。宋、元、明、清几代也曾经出现许多才华横溢的白族诗人和学者。明代白族善文的人很多，李元阳的散文就非常出色，他的散文多为游记，描写白族地区的胜景风光，表达了他对祖国河山的热爱。在明代，白族聚居区也涌现出一批诗人，一些生活在乡村的诗人创作了大量关心民间疾苦、反映现实生活的诗。

好释典：杨黼

杨黼（约 1370—1450 年），明代云南太和县（今大理市）下阳溪人，自号“存诚道人”，著名白族学者、诗人和书画家。其先祖为大理国的官员，元代时也是大理段氏总管的官员。明初其继父杨保、叔父杨名领兵抵抗明军，后杨家受株连，杨黼因年幼逃脱一劫。杨黼成年后崇释信道，不求功名，终身隐逸。史载：其“素好学，读‘五经’皆百遍。训诲乡里子弟，口不言人过。尤好释典，口绝膻味。”

《明史》将他归于“隐逸”名人，说他：“好学，读‘五经’皆百遍，工篆籀，好释典。或劝其应举，笑曰‘不理性命，理外物耶？’”一介白族书生，《明史·隐逸传》却为其生命印迹辟出落笔的空间，甚为少见。

他一生不求功名，专门攻读释典，隐居桂楼小院，注释《孝经》和吟诗作赋，著作颇丰。山花碑立于明景泰元年（1450年），距今已经有500多年历史，原镶嵌于喜洲圣源寺观音阁内，现被大理市博物馆收藏。杨黼继承白族文学传统，用老白文创作了大量的白语“山花体”诗歌，但保存下来的不多，代表作《词记山花·咏苍洱境》为典型的“七七七五”格式的白族“山花体”诗歌。该诗体以三个七字句、一个五字句为一段，两段构成一首完整的“山花体”诗，全文计有20段、10首山花体诗歌。全诗520字，前半部分有8段32句，主要描述苍洱之间的秀丽景色；后半部分有12段48句，追忆先世，感叹怀才不遇，人世无常。《词记山花·咏苍洱境》的独特之处还在于山花碑将其全部用白文写成，它既是白族文学的杰出诗作，又是迄今为止第一篇纯粹的白文历史文献，有很高的史学和文学价值，在白族民间有广泛影响。诗歌开头言：“苍洱景致赏不厌，天然胜迹万万千。南北有青龙白虎，镇上下两关。山影映入海面倾，山岭随波在转旋。山屏西泻十八溪，把九曲补满。”这段诗句，以在天空俯视的角度对大理的地理特点进行宏观描述，展现了山水环绕的大理坝子得天独厚的自然风貌。

此外他还著有《篆隶宗源》和诗集《桂楼集》等，存诗作《回文诗》《川晴溪雨》《桂楼歌》等。他的《回文诗》别具一格。

东西隔岸两林花，观尝同游胜景佳。
红蓼跃鱼金漾水，白苹宿柳玉堆山。
松边玉锁深云洞，柳外云横暮日斜。
钟扣每闻山寺远，峰高接汉耸飞霞。

据唐代吴兢撰写的《乐府古题要解》的释义：“回文诗，回复读之，皆歌而成文也。”回文诗在创作手法上，继承了诗歌反复咏叹的艺术特色，来达到其“言志述事”的目的，产生强烈的回环叠咏的艺术效果。杨黼下面这首回文诗，倒过来读同样朗朗上口，是写景的佳作。

霞飞耸汉接高峰，远寺山闻每扣钟。
斜日暮横云外柳，洞云深锁玉边松。
山堆玉柳宿苹白，水漾金鱼跃蓼红。
佳景胜游同尝观，花林两岸隔西东。

今大理市湾桥镇向阳溪村存有其故居“桂楼祠”，这是一座典型白族建筑风格的四合院，院内古木参天，芳草萋萋。内有祠堂和山花碑的复制品，祠中放满600多年来后人赞颂杨黼先生的牌匾，以表达对这位白族文化名人的崇敬与缅怀。

隐逸文学之代表：杨士云

杨士云（1477—1554年），字从龙，号弘山，大理喜洲人。明弘治十四年（1501年）参加云南乡试中举，考取第一名。正德十二年（1517年）丁丑科进士，选翰林院庶吉士，后转给事中。曾先后任湖、贵两省官职。嘉靖年间辞官归隐田园，筑一书屋，名曰“乾乾斋”，从事著述，人尊其为“弘山夫子”。他为人刚直，关心人民疾苦。诗、词、曲、赋皆佳，近体诗和绝句最富特色。一生著作甚丰，今存《杨弘山先生存稿》十二卷，以田园诗歌为最多。杨士云长期在大理隐居，靠种田维持生活，他曾在《栽罢》一诗中抒发自己劳动的苦与乐：“栽罢田头脱笠蓑，浊醪辛苦味偏多；醉余濯足盈归路，争唱田家踏踏歌。”诗中表现了诗人苦乐交加的农耕生活。

他的诗歌还多次抒发忧时悯农的心情。其《不雪》言：“一冬望雪频无雪，冻云模糊不肯结。”又言：“玉龙百万俱藏穴，遗蝗千尺何由灭？”诗人对天不下雪、虫害不能消除而影响农事深表忧虑。《忧旱》一诗言：“农家望有年，得雪众方喜。天胡愆雨期，暵旱复兹始？蕴隆蒸两间，赤地几千里。麦苗何以秋？生灵干欲死！”这首诗表现了诗人对久旱不雨，农事耕作受到严重影响的万分焦灼的心情。其《久晴喜雨》表达的则是另一种情景：“麦不生蛾禾不耳，老农笑舞如婴孩。腐儒素有闾阎忧，喜将秀句临风裁。”这首诗里，诗人因“老农笑舞如婴孩”的欢快而激发了诗兴，挥毫“喜将秀句临风裁”，表达了诗人与民同乐的人文情怀。

白族学者朱安女在《明清时期白族隐逸文学的文化阐释》一文中认为，明清时期，白族文化面临转型。白族新儒学派文人掀起隐逸风潮，隐逸文学成为文坛主流，杨士云正是其中的代表之一。他的散文同样奇绝优美，其《苍洱图说》仅670多字，但气势恢宏，语言简练，生动描写了苍洱大地的气势、胜景、气候，如数家珍，融真实写景与诗意抒发于一体，表达了作者对家乡河山的热爱之情。杨士云在《苍洱图说》中这样描写大理：“苍洱之景，峰峦万叠。戴雪腰云，如列屏十九，曲峙于后者，点苍山也……夏秋之交，山腰白云，宛如玉带……五月，积雪未消，和蜜饷人，颇称殊绝，四时之气，常如初春，寒止于凉，暑止于温……”杨士云对家乡的热爱、赞美之情，尽情流淌于文字之中。

竹间笔砚誉诗草：李元阳

李元阳（1497—1580年），字仁甫，号中溪，别号逸民，明代大理府太和县（今大理市）人。明嘉靖元年（1522年），考取云贵乡试第二名；嘉靖五年（1526年）中进士，选翰林院庶吉士，由于参加议论为嘉靖皇帝生父封号的“大礼议”而被贬。一生仕途坎坷，后隐居大理。李元阳学识渊博，他的诗多数是在大理隐居时写的，深刻反映了明代白族农村的现实生活，对民间疾苦进行描写。

苴力铺，蛮荒路。昔人戍，题诗处，至今犹有垂杨树。垂杨柳，白日暮，搮风茼露亦君恩，莫叹腰肢有人妒。生还如梦死谁怜？千古同悲泪如雨。蛮荒路，苴力铺。

苴力铺乃滇西道中要塞，当初杨升庵路经此地曾作《垂柳》一诗，借柳抒怀。龚锡瑞来到此地，见垂柳仍在，杨升庵却已远离人世，不由心中忧伤，作此诗凭吊杨升庵，感叹自己的怀才不遇、坎坷命运。诗的首尾互相照应，循环往复，读起来朗朗上口，不失为凭吊诗中的佳作。

龚锡瑞的诗风在清代诗人中独树一帜，是龚氏家族诗人群的代表。

气韵沉雄，宛然大家风范：苏竹窗

苏竹窗（生卒年不详），龚锡瑞之妻。龚氏一门在当时当地诗名最盛，其夫龚锡瑞为其中代表。苏竹窗本就出身于书香世家，又嫁入诗歌家族，本身的才华加之环境的影响，使她能在文学史上留名。

苏竹窗作为白族文学史上的第一位女诗人，令人瞩目。《滇南诗略》录存其诗作十首，大多借物抒情，胸襟开阔，气度不凡。她在《窗前竹》一诗这样表达自己的人生理想和情怀。

除却寒松柏，寥寥孰与群？
虚心真似我，直节独师君。
尽日平安对，四时风雨闻。
孙枝生不已，个个气凌云。

这首咏物抒志的五言律诗，对仗工整，寓意深刻。诗中竹的形象与诗人自我之间，已经融为一体，难分难解。古人向来喜欢以松、竹比喻节操的高洁坚贞，从中可以感受到女诗人内心的追求和高洁的心性。她还有一首名为《登楼望白崖定西岭诸山》的诗，也向来为人所称道。“佳气莽无边，横来半壁天。晓昏不一态，今古常苍然。马背千盘路，林梢百丈泉。吟窗终日对，襟袖落云烟。”此诗写诗人望定西岭时的所见所感，表达了她对故乡山河的赞美与热爱。

她的另一首《雪夜》则颇有女性温婉多情的特色。“夜静窗棂湿有光，开门白雪欲平廊。料应此际离家客，想着梅花小阁香。”

清代白族经学巨擘：王崧

王崧（1752—1837 年），字伯高，号乐山，清代著名白族学者，经学家和文学家。云南浪穹（今大理白族自治州洱源县）人。清嘉庆四年（1799 年）中进士，授山西武乡知县，在职九年，任内兴利除弊，倡修漳河，免摊捐，捐薪办学、修葺书院，颇有政声。清嘉庆二十一年（1816 年）主讲于山西晋阳书院，为山西培养了不少人才，对山西的文化、教育做出了贡献。四年后谢病返归云南，适逢云贵总督阮元早有纂辑《云南通志》之意，请他总纂《云南通志》，他全力以赴地进行此项工作。

王崧一生治学范围广泛，涉及经学、史学、方志、诗词等，著述甚丰。经学著作有《说纬》六卷，此书“析诸儒之异同而补其短缺，多采于史，取证有训”“兼综群籍，成一家之”，被收入《皇清经解》。他的著作还有《乐山制义》，诗文有《乐山诗集》《布公集》《江海集》《提钩集》等。

王崧在诗歌创作上有丰硕的成果，但今只见《滇诗音集》录其诗二十首。其中下面这首《还山自嘲》，表达了诗人对人生的自省。

出山尔何意，还山尔何为？可是山中学，用于出山时？县令治百里，教养皆所司。试问十年内，果否一一施？志不在利达，退闲故其宜。往日书满载，来仍书自随。点苍山之北，鹪鹩有栖枝。故要的参考价值。清嘉庆五年（1800 年）秋冬时节，师道南因感染鼠疫不幸去世。师道南著有诗集《鸿洲天愚集》，诗集有诗歌七十三首。在这些诗歌中，受到后人看重的是他的歌行体诗歌《鼠死行》，清代著名学者洪亮吉在《北江诗话》中评论道："道南赋《鼠死行》一篇，奇险怪伟，为集中之冠。"此诗为后人了解清代乾隆壬子、癸丑年间鼠疫流行时的情况提供了真实的资料。

师道南在《鼠死行》中这样描述当时的情景。

东死鼠，西死鼠，人见死鼠如见虎，鼠死不几日，人死如圻堵。昼死人，莫问数，日色惨淡愁云护。三人行，未十步，忽死两人横截路。夜死人，不敢哭，疫鬼吐气灯摇绿。须臾风起灯忽无，人鬼尸棺暗同屋……

诗的前半部分，对当时鼠疫造成的人间惨状作了惊心动魄的描写，真的是千家悲啼，人鬼难分。诗的后半部分，诗人除了表达自己的一腔悲愤，还表达了文人救世的情怀。"我欲骑天龙，上天府，呼天公，乞天母，洒天浆，散天乳，酥透九原千丈土，地下人人都活归，黄泉化作回春雨。"面对鼠疫造成的这幕人间惨剧，诗人希望自己能上天乞求良药来救百姓的命，其情令人赞叹！诗人虽然不幸死于鼠疫，却为后人留下这一首难得的诗作。

学富才美，雅好吟咏：赵廷玉

赵廷玉（约 1749—1831 年），字梁贡，又字紫笈，号晴虹，太和县（今大理市）人，清乾隆、嘉庆年间著名的诗人。十四岁时参加童子考试，获大理第一名。后同弟弟赵廷枢一起到当时云南最好的书院——昆明五华书院求学。乾隆年间响应乾隆南巡时的应召考试，到楚北（今湖南北部）时，因病延误了考期，从此断绝参与科举考试考取功名的念头，后游历天下。赵廷玉游历过耿马、思茅、临沧、中甸、昆明等地，曾做过商人、幕僚、教师，经历复杂多样。老年闭门读书，手不释卷，当地很多碑记、铭诔都出自他的手笔。

赵廷玉写过以白族民间传说“望夫云”为题材的诗《望夫云》，诗歌取材于白族民间传说：南诏王的阿凤公主和猎人两人真心相爱，却因为身份地位悬殊不能结合，只好选择私奔。恼怒的南诏王为逼公主回宫，用尽各种手段。最后猎人被罗荃法师用法术打入洱海中变为石螺。公主得知消息后忧愤而死，变成一朵白云，不时飘向洱海海面探望爱人。这是一个久远的爱情悲剧，在白族人民中广为流传。赵廷玉根据民间传说，写了这首《望夫云》，诗中表达了对公主和猎人遭遇的同情，对他们的爱情悲剧表达了深深的遗憾，“一缕浮云几度秋，坚心常注海中沤。踉跄浪打蛟龙窟，绰约神明水月楼。卷地难平千古恨，回峰又锁百重忧。可怜夫婿无消息，空报情根护石头。”诗的开头写浮云的特点，浮云专注于洱海的情景，突出了其“望”的情深，长久的等待却没有等来希望。“可怜夫婿无消息”，诗人对公主的遭遇充满同情。“空报情根护石头”写出了云朵的特点和痴情。全诗对南诏公主和情人的悲剧怀有深深的不平之感，并寄予了同情与叹息。

这首诗的意义在于，它是第一首文人所写的“望夫云”题材的诗篇。

人称“学富才美，雅好吟咏”的紫笈先生赵廷玉，一生著有《晴虹诗存》《紫笈老人诗草》等，但均失传，现存江苏吴和甫、山右王英斋选订，赵懿、杨载彤、仁安、仁镜等校刊的《紫笈诗集》，（民国）《大理县志稿》录其诗二十首，《滇诗嗣音集》卷十六录其诗二首，《滇诗丛录》卷二十六录其诗十一首。

明期间，他承担教学任务，并开有药店，维持家庭生计。杨载彤生有二子七女。其一生写作诗歌较多，《嶰谷诗草》六卷共收录诗歌八百六十二首。

杨载彤的五言律诗《浩然阁观洱海》，写景富有壮阔的气势。

杰阁上凌空，长河入望中。
烟横一带阔，波撼两关雄。
胜迹余风月，逆流淘段盟。
凭栏独把酒，高唱大江东。

首联、颔联写壮阔之景，颈联讲述历史之事，将历史同洱海的水波相连，末尾抒怀“把酒”叹兴亡，吟唱“大江东去”的豪兴，是将洱海之景同历史融合较好的作品。杨载彤还有一首写得很成功的诗歌——《梦游苍洱》。

苍山之峰何其高，我欲附葛攀岩登云霄。洱水之滨何其洁，我欲扬清激浊澡冰雪。三十余年豪兴多，振衣冈头濯湍波。名场驱逼壮游志，经年不返当奈何。

……

这是一首梦游诗，写得豪情万丈，想象力非常丰富，是白族聚居区的诗篇中不可多得的佳作。诗人放飞想象，先想象多年未归的家乡依然那样美丽，苍山之峰直插云霄，洱海轻波荡漾。自己却在名利场中挣扎多年依然无法脱身，不能返归故里。家乡风景的诗意和美好，与诗人在名利场中的挣扎形成鲜明对比。然后诗人转入对梦境的描写，让想象更上一层楼。“梦御双鹤行，联翩途昆明。一瞬飞渡八百里，两耳但闻天风声。”诗中想象的虚无之境和盼归家乡的真实心境之间得到了有机结合。诗中写到了苍洱大地的各种景致，把它们有机组织起来，表达了诗人对家乡的热爱之情。诗篇的结尾，诗人依稀听到了“三塔晚钟”的钟声，可睁眼一看原来是昆明西山太华寺的钟声。“忽讶三塔晚钟悚客听，醒时灵鲸响落太华西。”由梦境回到现实，惆怅之情溢于言表。

杨载彤有一些诗，比如《封云龙州盐业有感》《穷州吟》《察书役》等，体现了诗人对现实民生的关注。还有一些是写怀才不遇的感慨，诗歌风格比较丰富。

诗有师承，能自得师：赵懿

赵懿（1773—？），字善渊，赵廷玉、周馥长子，曾到山西省晋阳、安徽省西南部等地做生意、教书，在洱源开有药店，享年八十多岁。著有《善渊诗钞》，今已散佚，仅《大理县志稿》中存有三首写景诗。

赵懿仅存的三首诗中，《题风眼洞》一诗很有特色，诗人以独特的视角写景。

白云在下方，步到天低处。
铁板桥虽通，须踏铁鞋渡。

此诗虽短小，但写得颇有气势，突出了诗人的主体感受，又写出了风眼洞的险要，不失为诗中精品。

另一首为《雨洗碑》，写大理雨洗碑的传说。这个传说在《大理县志稿》中有记载。相传，某年五月大理一带大旱，村民们去龙王庙祈祷没有得到回应。后来请神巫占卜说，某月某日，北门桥外会有一位红胡子的老人路过，那就是龙王的化身，上前对着他祷告就会下雨。后来此事果真应验，乡民们便把这件神奇的事刻在碑上供在庙里。某一日风雨大作，洗去了上面的文字，如今只能见到斑驳的痕迹。赵懿《雨洗碑》云：“不愧云轮得道神，殊碑雨洗旧痕真。生生杀杀由天定，只恐文章娱后人。”诗中可以体会到诗人对人生哲理的感悟。

邑宰别无膏泽布，诗筒奇想化天瓢。

此诗是诗人在任知县时之作，诗中的玉郎、须水都是浙江地名。诗人做知县时，须水一带发生旱情，赤地千里，老百姓急得泪如雨下，老天却不降雨。身为知县的杨绍霆用香烛祷告之后也不下雨，急得诅咒旱魃，但也“别无膏泽布”，只好以诗记之。诗人在诗中突发奇想，祈愿诗句能化作天瓢，降下喜雨，以解民忧。诗人的忧国忧民之心令人感动。

杨绍霆写了很多表现民生疾苦的诗，还写有一些关于时政的诗，比如《云南村》，“我自云南来，莅此云南村。眼前耕读者，犹是吾弟昆。做官非做客，所至与民亲。久之情谊浃，无非一家人。胡为官与民，视与越与秦？”在诗人看来，官民应是亲如一家，体现了一种乌托邦式的理想。诗人痛恨骑在人民头上作威作福的贪官污吏，常在诗中揭露、鞭挞他们，而一旦听到清官的事迹，他就会加以赞美。《名宦八首》就是这方面的代表作。

心怀有志的“洱滨散人”：赵辉璧

赵辉璧，生于1787年，云南洱源凤羽（今云南大理白族自治州北部）人，清代著名爱国诗人。清道光六年（1826年）中进士，历任安徽全椒县、山西临县知县，后因病回归故里。其著述颇多，《古香书屋诗钞》十二卷，题材广泛，内容精湛，有怀古的、抒怀的、与友人唱和的、吟咏山水的等。

赵辉璧年轻时，也颇富豪情壮志，有为国为民干一番事业的雄心壮志。后来考中进士，步入仕途，曾担任山西、安徽等地的知县。但是上任以后，他逐渐看到了清廷的腐败无能和官场的昏庸黑暗，而自己又不肯向权贵折腰。于是，自己的理想和社会现实产生了矛盾，使他的豪情壮志未能实现，便产生了“万事于今且息肩”的思想。

他的诗《放歌行》正是这种思想的集中体现。

志欲安一世，一身乃坎坷。志欲医一国，一身反沉疴。愚者惟自私，智者方蹉跎。嗟嗟末世心，陷溺何其多！入世期有济，自信心无他。造物我不与，蒿目当如何？我欲竟此曲，此曲难为歌。毋为儿女志，悲愤徒滂沱！

理想与现实的矛盾，让诗人心中充满悲愤，只能借文字宣泄一二。所以他在《叹息复叹息》这首诗中，一来就连连叹息，但也表达了自己不愿意向黑暗势力妥协，不愿意与世俗同流合污的心志。

叹息复叹息，处世恶皎洁。皎洁如雪霜，何能胜炎热？炎热犹自可，行人妒煞我。黑白殊分明，此道与时左。皎洁亦天付，摧颓谁所为？青冥不可问，我心终不移！

正因为心怀大志，诗人回故乡之后便从此不走仕途之路。在苍山之下、洱海之滨筑“古香轩”，自号“洱滨散人”，过着田园生活，直至病卒。

现代作家文学

云南虽然地处边疆，但是在现代史上却有着辉煌的历史。随着滇越铁路的通车、云南陆军讲武堂的成立，云南对时代发展和国家大事的参与逐步增多。“重九起义”“护国运动”更是进一步扩大了云南在全国的影响。在时代浪潮的冲击下，很多白族青年离开家乡来到昆明，甚至去到外省。他们或从事革命工作，或投身文学事业，在不同的领域大显身手。陆晶清、陆万美姐弟，以及马子华等人就是其中的代表。陆晶清于1922年秋进入北京女子高等师范学校文科班学习，开始写作生涯，所写诗文发表在《晨报副刊》《文学旬刊》《语丝》等刊物上，还参加主编《蔷薇周刊》。马子华则于1937年毕业于上海光华大学国文系，1931年加入“左联”，组织进步文学团体——轨迹文艺社，历任《文学丛报》《文学编辑》主编，《复兴晚报》副社长。

白族的作家文学，在20世纪时代浪潮的冲击下，迎来了新的发展机遇。一些从晚清走来的近代白族文人，以厚重的文化底蕴在现代浪潮中坚守传统。同时，白话文的出现，推动了现代白族文学的发展，一批年轻的白族作家在时代潮流中成长，他们是现代白族文学的生力军。在国家、民族危难之际，他们中的一些人用文字发出呐喊，书写理想和追求，有的人则写下了愤怒的抗日诗篇，吹响了时代的号角。

波澜壮阔的时代，催生了波澜壮阔的白族文学。

清风起云岭，美名传千古：赵藩

赵藩（1851—1927 年），字樾村，一字介庵，别号蝯仙，晚年号石禅老人。其为白族，大理剑川向湖（又名水寨）北寨人，云南近代历史上著名的学者、诗人、书法家。

赵藩出生在大理白族世代“耕读人家”，父亲赵联元是一位儒师。赵藩作为赵家的长孙，祖父素慕曾文正公之为人，希冀他能成为像曾国藩式的栋梁之材，故取名为“藩”。赵藩自幼从父学习经史，涉猎百家诗文，青少年时便成为乡里出类拔萃的人才。清光绪元年（1875 年）参加省试，赵藩以优异成绩举乙亥科第四名。但此后至清光绪十一年（1885 年），连续四五次进京应试都落第而归。虽然科场失败，但他却有了另一个收获，离开偏僻闭塞的山乡，长期奔走于滇京道上，饱览了中华大地的名山大川，使他增长了见识，开阔了心胸，还结识了众多文友，为他的人生打开另一扇大门。人生的曲折为赵藩的成长提供了磨砺，使他后来能成长为云南近代史上著名的政治家、学者、诗人和书法家。赵藩曾经参加过辛亥革命和近代云南的护国运动、护法运动，历任众议员、南方军政府交通部长等职。但赵藩本质上还是一个传统文人，一生著述颇多，尤以诗词为最。

有两件事最能说明赵藩对文化史的影响和贡献。一是他为成都武侯祠撰写了著名的“攻心联”，“能攻心则反侧自消，自古知兵非好战；不审势即宽严皆误，后来治蜀要深思。”这是一副著名的治国名联，可译为：用兵能攻心，反叛就会自然消除。从古至今，真正懂得用兵的人并不好战。不审时度势，施政方针或宽或严都会失误。此联现今挂于成都武侯祠诸葛亮殿，成为一道独特景观，给后人以启迪。二是赵藩为昆明大观楼手书孙髯翁的大观楼长联，现今大观楼上悬挂的仍然是他的手笔。孙氏的联和赵氏的书法，两者相得益彰，一直为大观楼增光添彩。

赵藩晚年曾担任云南省图书馆馆长，致力于学术，主编《云南丛书》205 种 1402 卷，为后人留下一部有价值的文化遗产。他一生在文学方面也留下很多著述，已刊者有《咸同滇中兵事纪》20 卷、《诗集》64 卷、《词》8 卷、《别集》4 卷、《鹪巢小识》12 卷、《金石书画题跋》12 卷、《介庵楹联集》3 卷、《书札》30 卷。《滇八家诗选》中说："自同治甲子起，讫民国丁卯止，存诗七十余卷，不下万首千首，视放翁尤过之。"赵藩同情民生疾苦的诗作写得十分深刻，比如《观音土》就写出了诗人对民间疾苦的同情和悲悯。"万落千村空雀鼠，树皮草根俱乏煮，翳桑幸有观音土。观音慈悲悯尔饥，食之一饱还西归。不食亦死食亦死，且缓须臾对妻子。妻子号咷泪如雨，顷刻彭亨腹如鼓。吁嗟乎，观音土！"这首诗写出了灾荒之年，民间饥饿的惨状。"不食亦死食亦死"，写出了走投无路的饥民悲惨的生存状态。

赵藩在近代白族文学史上是一个独特的存在，他才华横溢，知识广博。对时代发展有参与，对政治、文化、学术等领域多有涉猎和建树。对白族文学来说，赵藩堪称是一位先行者、奠基人。

如翠湖金钟，唤醒昏夜：赵式铭

赵式铭（1873—1942 年），字星海，号弢父（甫），大理剑川人。著名诗人、学者，白话文运动的先驱。他于 1907 年在全国首创《丽江白话报》，用白话文宣传进步思想。先后任《云南通志》副总纂，为保存云南历史文化做出了重大贡献，其撰写的《白文考》《么些文考》等，开创少数民族语言文字研究之先河。

赵式铭先后编选《睫巢诗稿》《悔庵诗集》《希夷微室诗抄及补遗》等，存诗 2300 首左右，出版有《赵式铭诗选注》。袁嘉谷先生曾赞其诗"如翠湖金钟，唤醒昏夜"。赵式铭一生精于旧体诗创作与古典诗歌研究，虽有新体诗，但为数不多。在诗歌创作上，他认为“诗从肺腑出”“诗以主谏非以求名”。他的诗作深受杜甫诗风的影响，有对社会真实生活的描写和对民间疾苦的体察，也有对国家政治生活的鞭挞。他一生经历了甲午之战、百日维新、辛亥革命、反袁护国运动、新文化运动、军阀战争、抗日战争等重大历史事件。在民族危亡、万民生活遭兵燹涂炭之际，诗人用手中的笔书写出国家、社会、时代的记忆。他在《鸿雁来·思合群也》一诗中，抒发了对国家、民族内部团结的向往。“北方有鸿雁，爱情甚依依。朝发青云路，暮宿红蓼矶。秋来塞草衰，身寒腹长饥。相将至南服，日暖稻亦肥。散时成小群，踪影映斜晖。聚时成大群，阵云压重围。回旋霄汉间，一落千千低。有食则同啄，有惊则同飞。秋丰则同来，春尽则同归。往还万余里，团体不相违，嗟我四百兆，散沙自贻讥。”诗人感叹大雁都能够同心协力地实现南飞的目标，何况我们四百兆的民族兄弟，若成散沙自会遭到异族讥讽和侵略。

抗日战争期间，赵式铭写下了《闻南京破，愤而有作》，表达自己对民族危难、国家存亡的强烈关注。他在诗中写道：“我往寇能往，欲归安所归。天心趋智力，人祸起寒饥。吾辈守任咎，诸公为造机。可怜征战士，犹自赋无衣。”诗作表达了诗人心中的忧虑与愤慨。

整理和研究民族民间文学的先驱：徐嘉瑞

徐嘉瑞（1895—1977 年），号梦麟，白族，1895 年 2 月出生于大理邓川。他一生的研究范围涉及戏剧、历史、文学、民间文艺等多个领域，其学术著作至今还有一定影响，是中国现代著名的文史学家、诗人、民间文艺学家。

1924 年徐嘉瑞出版了第一部著作《中古文学概论》，此后开始从事白话诗文的创作研究。徐嘉瑞抗战前曾任昆明《民众日报》社长、云南大学教授。抗战时期，任中华全国抗敌协会云南分会主席，主梅集”，是有关挚友石评梅的几篇文章的结集。第三集取名“而今集”，记述了婚后的生活片段和上海“一·二八”淞沪抗战的火线生活。“而今集”较前两集有了明显变化，作者已完全摆脱了个人的悲哀，热情关注国家、民族的命运和人民的痛苦，具有强烈的忧患意识。陆晶清的诗集《低诉》，收入 27 首诗，分前、后两集。从时间上看，写于 20 世纪 20 年代中晚期，主要是作者在经历了“女师大”风潮和大革命政治风云之后思想和情感的表达。

在革命中创作，在盛世中书写：陆万美

陆万美（1910—1983 年），笔名陆绿曦、陆陆，云南昆明人，陆晶清之弟。白族诗人晓雪曾经撰写《不应当忘记的两姐弟》一文，介绍这对文坛姐弟：“提起陆晶清和陆万美，现在 50 岁以下的人可能已经很陌生。其实他们是 20 世纪 20 年代从盘龙江边走到北京、上海，曾经风云一时、在我国新文学史上产生过影响的姐弟俩。他们的名字和贡献，是不应当被忘记的。姐弟俩都生在昆明盘龙江边一个小古玩店里。他们的父亲是商人，却喜欢文学，有一定的历史文化修养，所以从小就教他们读四书五经、背唐诗宋词。”陆万美肄业于北平大学。1932 年参加“左联”，并任出版部部长。后任武汉抗敌演剧队五队队长，山东军区文工团团长、山东大学文艺系副主任。中华人民共和国成立后，历任中共云南省委宣传部文艺处处长、云南省文化局局长、省文联副主席、中国作协云南分会主席。1929 年开始发表作品。著有短篇小说《杂院里的故事》《刘先生的皮鞋》《战士行》，剧本《我们走遍祖国》，回忆录《追忆鲁迅先生“北平五讲”前后》等。

叙漂泊生涯，写南天风光：马曜

马曜（1911—2006 年），字幼初，云南大理洱源人，著名历史学家、民族学家、教育家和诗人。曾任云南民族学院院长、名誉院长，中国西南民族学会会长、名誉会长，云南诗词协会会长，云南大学历史系教授。

马曜的父亲是一位喜爱文学的文人，颇有才华，曾做过县令。马曜幼承家学，他曾言：“自幼受化于先君，十四学为诗。”青年时代曾就读于西南联大，他也是一位优秀的诗人，青年时代就开始诗歌创作，从 1927 年到 1948 年诗作计 158 题 261 首，均为旧体诗，于 1946 年收入《茈湖精舍诗初集》，因家乡有茈碧湖，故为诗集取名如此。该诗集为“国立云南大学文艺丛书”之一种，初版书前有罗庸、王灿、钱基博、徐嘉瑞、刘文典、阎毅等人作序和作者自序。这部诗集按编年排列，先后作于上海、庐山、福建、香港，但大多写于云南。诗中内容“感时伤世，赠友言志，叙漂泊生涯，写南天风光，无不充满爱国恋乡的深情”。诗人身处一个外忧内患、山河破碎、民不聊生的时代，忧患意识是他内在的情感基调，他在诗中为国家民族安危呐喊，折射出时代的光泽，也体现了一位白族青年学子的良知和境界，这些诗至今读起来仍然令人心灵震颤。马曜一生广泛参与各种社会工作和学术研究，其成果卓著，著述颇丰。主要有《云南古代史》《白族简史》《白族异源同流说》《庄蹻起义与开滇的历史功绩》《云南简史》《孔子评论》《马曜学术论著自选辑》等。

他的《茈湖精舍诗初集》，于 20 世纪 90 年代再版。著名学者季羡林评价说：“读先生诗有鹤立鸡群之感。”2008 年 7 月，云南人民出版社出版《马曜文集》，共六卷。第六卷中收录了马曜先生的《茈湖精舍诗初集》以及游记、序言、碑文、自传、回忆录、著作目录等 52 篇。《茈湖精舍诗初集》记录了一位白族文化人的心路历程，为白族文学和中国现代文学增添了光彩。他的诗充满爱国恋乡的深切情意，如《病榻口占》：“海山一卧惊秋去，映眼溪光沐四围。斜日新投红叶瘦，繁霜初点菊心肥。梦余口角衔悲在，肠断乡音系鸟飞。小案云回消逝影，垂杨雨雪足沾衣。”

1948 年 7 月 15 日，两千余国民党军警逮捕大批罢课学生，制造了“七一五”事件。马曜当即写成《七月十五日即事》一诗，借以抒发内心的愤懑之情，“正气真存不帝秦，刀光剑影警鸡晨。悬空万目睽睽处，知是田横五百人。”诗中体现了一位学者对时代的情怀。马曜先生是一位跨越现当代文学史的作家，但是他的文学作品主要是在中华人民共和国成立之前创作完成。中华人民共和国成立后，他主要从事学术研究工作。

书滇南之事，叙时代风云：马子华

马子华（1912—1996 年），原名马钟汉，笔名秋星、沪江篱等，云南大理洱源人。

20 世纪 30 年代马子华到上海求学，就读于光华大学。与同学田间、周而复等人成立《轨迹》文学社，编辑出版进步刊物《轨迹》，马子华接受了新思潮的影响，于 1933 年加入中国左翼作家联盟。他一生著述颇丰，著有长篇传记文学《卢汉后半生》《一个幕僚眼中的云南王》，中篇小说《颠沛》《他的子民们》，诗集《坍塌的古城》，散文集《云南民间传说集》《云南历史人物逸事》《滇南散记》《文坛忆旧录》《雨林游踪》，论文集《云南文史论述》，短篇小说集《线路》《笔伐集》《飞鹰旗》《丛莽中》，杂文集《闲话连篇》，长诗《骊山之夜》，旧体诗集《晚翠楼诗词选》，工具书《读古指南》等。

马子华于 1935 年出版的中篇小说《他的子民们》，描写西南边陲土司对“子民们”的压迫，完全是原始的、野蛮的、奴隶主式的压迫。尽管主人公阿权的抗争失败了，不甘当奴隶的精神却是一种昭示：被压迫的奴隶们只有起来斗争，才能挣脱自己身上的枷锁。茅盾称它是“描写边远地方的人生”的“一部佳作”。其散文小说集《滇南散记》“填补了解放前没有反映边地生活的文艺作品的空白”。作者怀着为人民悲惨处境鸣不平的愤慨心情，真实地描写了那个黑暗残酷的年代里，云南边疆各族人民灾难性的生活、不幸的命运。

《滇南散记》是马子华先生写于20世纪40年代的作品，于1946年出版。这是一部写真人真事的散文，“时间是在抗战结束前一年的冬天，以整整八个月的跋涉来体尝到那种‘狄草蛮花’的风土和血腥的味道”。作者体验了云南边地生活，其作品反映了在“蛮烟瘴雨”地区挣扎着生活的边民状况。

《三道红》（选自《滇南散记》）这篇散文记叙了作者的一段亲身经历。散文的前半部分是对“三道红”的介绍和描述，可以感受得到作者对这些用体力挣钱的女子的同情。散文的下半部分讲述了作者在旅途中真实目睹过的杀人事件。

马子华曾在《滇南散记》“初版自序”中表明自己只是想写出自己目睹的民族地区底层人民在“蛮烟瘴雨”之地挣扎着生活的情状，体现了作者对底层百姓的同情和悲悯。

见解出众，语必惊人：张子斋

张子斋（1912—1989年），原名应蛟，云南剑川人。1937年赴延安，次年加入中国共产党，后在重庆《新华日报》编辑部工作。解放战争时期，任滇桂黔边纵队政治部主任。中华人民共和国成立后，曾在云南省各级政府担任职务，是大理白族自治州成立后的首任州长。

张子斋幼年时父亲早逝，家境贫寒，靠母亲勤俭持家。张子斋从小聪慧过人，就读于私塾，有深厚的国学功底。他熟读唐诗宋词、四书五经，能过目不忘，出口成章。少年时代就能赋诗填词，被先生夸为才子。青年时代曾与同辈诗词爱好者组成诗社，研讨诗文，“见解出众，语必惊人”。

1937 年，在鲁迅逝世 1 周年时，《云南日报》刊载了张子斋的《鲁迅先生永远和我们活在一起》。同年，张子斋奔赴革命圣地延安，进入著名的抗日军政大学学习。在这里，张子斋结识了许多革命战友，比如云南籍文化人士黄洛峰、周时英以及诗人柯仲平等。在这期间，张子斋写下了一些送别诗，每当送别战友奔赴前线时，他都会提笔写下一些慷慨激昂的诗作。比如这首七言绝句《送友人赴华北》。

拔刀四顾且悲歌，风正萧萧雨正多。
不愿偷生甘战死，横枪跃马渡黄河。

张子斋的战友黄洛峰被派往重庆开办读书生活出版社，他也写了一首七言律诗《送黄洛峰赴蜀》。

神州到处起烽烟，旧雨飘零后会艰。
万种穷愁磨瘦骨，数挑书卷压双肩。
流离不定情犹热，憎爱分明路未偏。
火不燎原心不死，敢攀蜀道上青天。

诗中充满对革命的热情和对理想的追求。

在 20 世纪 40 年代西南联大时期，张子斋受党组织派遣在昆明开展地下工作。国民党制造的“一二·一”惨案发生后，他以满腔愤怒写了《悼“一二·一”四烈士》，调寄满江红词二阕。其中上阕为：“末代王朝，已经是西山日薄。十余载，恣睢暴戾，穷凶极恶。窃国远超袁世凯，坑儒更比秦皇酷。早民心失尽罪滔天，不可活。手榴弹，犹肆虐，造谣社，大忙碌。奈无方挽救，瓦霜风烛。流水落花春去世，穷途末路难逃脱。有希魂墨魄正相思，紧催促。”上阕表达了对国民党当局残杀学生罪行的谴责，下阕是对烈士的歌颂，称赞他们“视死如归，不愧是中华英杰”，词中满溢着激情，有强烈的艺术感染力。闻一多先生被国民党特务暗杀后，张之斋写下《悼闻一多·七绝三首》，以纪念这位伟大的民主战士。

张子斋一生写过很多诗文，大都与时代有紧密关系，新、旧体诗约两千首，杂文二百余万字及不少政论文。可惜很多稿子在“文革”期间遗失。余稿由《张子斋文集》编辑小组编成《张子斋文集》四卷，由云南民族出版社出版。第一卷《杂文集》、第二卷《评论文集》、第三卷《反戈集》、第四卷《诗文集》，约一百二十万字。

自然纯化，庄谐并用：欧小牧

欧小牧（1913—2005 年），云南剑川人。1931 年后历任报社及民政机关记者、编辑、干事，云南省文联资料研究室主任，1998 年加入中国作协。

他一生著有长篇小说《白子白女》《包局长歪传》《滇云英烈传》，专著《陆游年谱》《爱国诗人陆游》《陆游传》，诗集《鸣春集》，杂文集《盗士集》，短篇小说《七夕》，民间传说《雕龙记》《欧小牧文集》等。部分作品被选入《中国新文学大系》《中国杂文大观》。电影文学剧本《雕龙记》获布加勒斯特电影节二等奖。

欧小牧早在 1932 年就开始发表文学作品。1947 年出版长篇讽刺小说《包局长歪传》，共十八万字，讽刺国民党反动统治的腐败。

欧小牧是研究爱国诗人陆游的专家，也是第一个用新观点研究陆游著作的专家。1957 年他出版专著《爱国诗人陆游》，1958 年出版《陆游年谱》，1994 年出版《陆游传》（七十万字），1996 年补定再版《爱国诗人陆游》及《陆游年谱》。1997 年还出版电影文学剧本《钗头凤》。

其所著杂文《盗士集》，其中有六篇选入《中国新文学大系第二集·杂文》卷，入选数量与唐弢、廖沫沙相等。廖沫沙还在该卷序文对欧小牧其人其文进行介绍和评价：“欧小牧以古典小说《儒林外史》《水浒传》中人物为题，在 1946 年至 1947 年间昆明《龙著作集，至少有 4 人在 20 世纪 40 年代出版过诗集。《战歌》上的诗创作约有 12 000 行，完全是反映抗日战争的诗（其中几乎每期都有延安和晋察冀边区作者的诗，有几期也有爱国华侨的诗）。译诗约有 1 200 行，完全是反侵略、反压迫的诗。《战歌》出版了两期后，茅盾即在他主编的《文艺阵地》二卷三期（1938 年 1 月 16 日出版）上予以简介，说它是‘闪耀在西南天角的诗星’。继后，在 1939 年 3 月 16 日出版的《文艺阵地》二卷十一期上，袁水拍发表了《战歌月刊》一文，具体介绍第一期至第四期《战歌》。”

当代作家文学

随着中华人民共和国成立，中国的文学事业迎来了一个全新的时代。白族当代文学也迎来了新的发展时期，作家文学进入一个崭新的历史时期。为了发展少数民族文学事业，党和政府特别重视培养少数民族文学人才。从 20 世纪 50 年代到 60 年代初，成长起一大批各民族作家。白族作家队伍也在时代的浪潮中壮大。杨明、赵橹、张文勋、杨苏、晓雪、张长、那家伦等作家在诗歌、散文、小说、文学评论方面新作不断，为白族当代文学的繁荣拉开序幕。他们的很多作品获得了全国性的文学奖项，为白族文学带来荣誉，也让白族文学在全国的文学舞台上亮相，让更多的读者了解这个民族悠久厚重的文化和多姿多彩的民俗。同时，白族作家文学中也出现了一些新的文体。

改革开放以后，白族作家队伍更是不断壮大，为白族文学注入新的生命活力。2014 年由中国作协编选、作家出版社出版的《新时期中国少数民族文学作品选集 · 白族卷》就收入了 70 多名白族作家创作的百余部作品，是当代白族作家一次成功的集体亮相。

戏剧作家：杨明

杨明（1919—2005 年），著名白族戏剧作家、理论家。

杨明出生在大理洱海边的一个白族家庭，天资聪颖、好学，孩时发表了大量文学作品。中华人民共和国成立后，他主要从事民族文化研究，著有《论白族龙文化》《论白族神话与密教》等专著。

赵橹的散文《玉白菜》以白族民间传说“玉白菜”为题目和线索，表达了作者对故乡自然风物和人文传统的深爱。

围绕着传说中的“玉白菜”，人们也在考量着人性的善与恶。白族人民相信，“玉白菜”和“金猪”直到今天一直生活在深蓝色的洱海里。散文中间穿插了白族民间关于“玉白菜”的传说，包含着善与恶的对峙。在这个传说中，“玉白菜”是洱海的灵魂，洱海的一湖碧水就是从“玉白菜”中流出来的。但同时它也会引来贪婪者的觊觎，好在有金猪的保护和镇守，才使洱海获得安宁。

这篇散文体现了一个大理人对故乡的热爱，他有一颗爱美的心和爱自然的情怀。作者是喝洱海的水长大的，对故乡的景物、色调都有细致的观察和发现。面对洱海，他不是一个普通的观赏者，而是一个怀有深情的诗人和“画家”，他观察和亲近洱海的方式证明了这一点，“近十年来，我无日不在洱海边。有时爬上苍山巅，眺望洱海；有时伏在洱海怀里，聆听她心房的跳动……洱海那干净、透明的色调，宛如一片无尘的蓝天，给人宁静而悠远的感受，也给人无限的安慰和喜悦！”洱海对于作者，已经不仅仅是一个自然的湖泊，更是精神的力量和源泉。在洱海的怀抱里，他可以寻找到停泊心灵的港湾，寻找到安慰和喜悦。作者文中弥漫的诗情画意，具有浓郁的审美趣味，会带给读者艺术的享受。

“玉白菜”和“金猪”的传说，是白族民间文学中的经典，在民间流传甚广。经过作家的深入解读和主体精神的再创造后，增添了丰富的内容，也使洱海的人文内涵更加丰富多彩。

学者、诗人的情怀：张文勋

张文勋（1926 年—），笔名秋云、泥子，出生于大理洱源，当代学者、作家、诗人、教授、文艺理论家，中国作协会员。

张文勋于 1948 年考入云南大学中文系，师从刘文典、刘尧民等先生。1956 年，张文勋就读于北京大学中文系。历任云南大学中文系文艺理论教研室主任、系主任、教授，云南大学西南边疆民族经济文化研究中心主任，云南大学文科学术委员会主任、学位委员会副主任，云南大学文学院中文系教授。曾担任中国《文心雕龙》学会副会长，任云南省诗词学会会长，现为中华诗词学会终身名誉会长。

张文勋曾在《童年的回忆》一文中描述过他关于故乡的记忆，“在罗坪山和天马山围抱着的一个盆地里，有着一块长方形的肥沃美丽的土地，凤羽河像一根玉带似的绕过东山脚直流向远方，青山绿水，把这块土地点缀得像一幅美丽的山水画。西北角上，有着一个约两三百户人家的农村，这就是我在里面过着童年生活的故乡。”这个村子就是包大邑，《徐霞客游记》中称“波大邑”，现在叫起凤村。这个不会说汉话的白族孩子，五岁开始“发蒙”，随村里的一位老先生读私塾。在这里，他正式学习汉文化，开始背诵《论语》《大学》《中庸》之类的传统经典。这段学习经历，为他奠定了深厚的国学基础。张文勋在云南大学校园开始进行文学创作，写下了他谦称为“青春试笔”的小说《雪花飘落的日子》等文学作品。《雪花飘落的日子》以他故乡的村庄为背景，为读者描述了故乡底层百姓的悲惨故事。小说写一个被国民党抓去当内战炮灰的生死不明的青年农民，以及留在村里四个孤儿寡母的悲惨遭遇。为了挣过年的几文钱，年迈的老母和年轻的儿媳冒着严寒，在大雪纷飞的日子里翻越村后的罗坪山去背核桃，最终被冻死在山上。小说表达了对穷苦百姓的同情，对时代的控诉。

当他进入云南大学的校园学习时，文学的种子开始萌芽、开花。

张文勋在文学上的贡献是多方面的。他既是作家、诗人，也是一名成果卓著的学者。他主编过《白族文学史》《民族文化学》《滇文化与民族审美》《民族审美文化》等，著有《中国古代文学理论论稿》《诗词审美》《刘勰的文学史论》《文心雕龙探秘》等 10 多种。此外还著有诗集《风樵诗词》（3 人合集）和《风樵诗词续集》，收入他 1976 年中秋至 2008 年 8 月这 30 多年间“唯情性所至，并非刻意为之”的诗词近 900 首。关于张文勋的诗，北京大学中国语言文学系资深教授袁行霈评价说：“真性情、真趣味、真意境，故有真诗真词，感人肺腑。”白族著名诗人马曜先生诗人评价说：“率皆卓尔佳作，不乏警策之篇，得隽之句，合乎古人矢诗之教。”《云南诗词》副主编郭鑫铨评述说：“张先生的诗，记录着他真实的生活，表达了他真切的感情。‘鸭食充饥慈母泪，松毛取暖病儿身’，这是对儿时艰苦生活的回忆。闪闪的泪花，深深的叹息，表明深于情者永不忘本。”在两集诗词中，约有十分之一是抒发故乡情深的。

2009 年 11 月，中共云南省委、云南省人民政府授予张文勋教授第二届“兴滇人才奖”。2010 年 7 月，经济并不宽裕的张文勋，毅然将 30 万元奖金献出，设立了“云南大学张文勋奖学金”，用于激励青年学子勤奋笃学。为此，《云南日报》曾撰文评价他的行为：“越是饱满的穗子，越向下低头。张文勋，不但为我国优秀传统文化增添了厚实的积累，也为年轻一代的学人树立了榜样。”中共云南省委原副书记王天玺评价他：“彩云之南，群星灿烂，张文勋先生是其中最耀眼的星星。”张文勋先生早在一首诗中对自己的行为作出回答，“生平不羡麒麟阁，愿作春蚕永吐丝。”这是一个作家、诗人、学者的情怀。

张文勋的诗主要是格律诗，其中有一些篇幅了表达游子的思乡之情。思乡，是诗歌永恒的主题之一，但是到了各人笔下，又有不同的角度和风格。张文勋在诗的前面有一段话，说明写这首诗的动因，“1980 年清明节，族侄子诚返乡探亲归来，谈及家乡近况。听后不胜感慨，游子思乡之情，油然而生。”

洱水源头鸟吊东，天真烂漫忆童蒙。
山歌隐约穷愁外，社戏依稀嬉笑中。
久别蓬门游子意，曾经沧海远帆风。
乡音未改鬓如雪，喜见新天覆浪穹。

诗中的“鸟吊”，指洱源县凤羽镇西南的鸟吊山，也是诗人童年时代非常熟悉的家乡景色之一。诗中充满对往事的依恋和感叹。时光如流水，转眼之间当年的稚子已经双鬓如雪，但是对故乡的思念之情却愈加浓郁。最后一句“喜见新天覆浪穹”中的“浪穹”，是洱源县的古称。

他还有另一首诗《乡情》，写于 1985 年 5 月，也是抒发游子对故乡的一片深情。无论走出多远，故乡的事物总是最让人心动的，洱海烟波、苍山月色，更是诗人心里永远的牵挂。

依稀云物辨乡音，浪迹萍踪何处寻？
洱海烟波游子梦，苍山月色故人心。
华年早付滇池水，白首常操靖节琴。
弦外有声歌一曲，青松郁郁柏森森。

张文勋的诗词中，思乡之情总是能引出关于故乡事物的回忆，因为苍山、洱海的景物和诗人青年时代的梦想、风采是紧密相连的。昆明是他的第二故乡，一句“华年早付滇池水”，透露了他对第二故乡的感情。无论洱海还是滇池，都是诗人生命中不可分割的内容。

《没有织完的筒裙》：杨苏

杨苏（1927—2021 年），云南剑川人，中国作协会员。曾任云南省文联副主席、云南省作协副主席。杨苏于 1957 年开始发表作品，作品有《杨苏文集》（四卷），长篇小说《藏民飞骑》《省委大院》《傈僳人家》《青春颂歌》，长篇传记《周保中将军》《艾思奇传》《王复生烈士》，电影文学剧本《景颇姑娘》（合著）等约450万字。《艾思奇传》获全国第五届少数民族文学创作骏马奖，《带血的腊梅》获1982年《边疆文学》短篇小说奖，《勐伦植物园》获云南第二届文学奖·散文奖。

杨苏在中学读书时就接受了革命思想并组织读书会。他喜爱文学，阅读了许多中外作家的作品。丰富的革命斗争经历，为他的文学创作奠定了坚实的生活基础。1957年，他的第一篇散文发表在《萌芽》上，从此开始业余创作，连续发表了不少小说、散文。

1961年，中国青年出版社出版了他的第一本短篇集《没有织完的筒裙》，著名作家茅盾、叶圣陶、冰心等人曾撰文对他的作品热情地给予评价。1962年，杨苏被吸收为中国作协会员。1980年，云南人民出版社出版了他的第二个短篇小说集《求婚》。他的不少优秀作品被选入《全国少数民族短篇小说选》《当代小说选》《中国当代少数民族文学作品选讲》《云南小说选》《云南散文选》，部分作品被列入高校教材，并荣获全国少数民族文学创作奖。

20世纪50年代和60年代前期，是杨苏创作的第一个阶段。他创作了短篇小说《求婚》《剽牛》《没有织完的筒裙》《春雨满山寨》《梅恩莎》，散文《响吧，象脚鼓》《山庄夜语》，电影剧本《景颇姑娘》等深受读者喜爱的作品。

十一届三中全会以后，杨苏焕发出新的创作热情，先后发表10多篇描写中华人民共和国成立前云南各族儿女进行革命斗争生活的作品，比如短篇小说《同心结》《送粮》《撤退途中》《乌黑海的血迹》《少将特务和他的警卫》《带血的腊梅》，电影文学剧本《藏民骑兵队》和中篇小说《绿林新传奇》《石钟山的故事》《一块白杨木的墓碑》等。

杨苏的传记文学《周保中将军传》（与杨美清合作）忠实地记录了周保中将军光荣而富有传奇色彩的一生，原名为《白子将军》。《艾思奇传》以生动的文笔、翔实的内容，勾勒出这位哲学家成长及驰骋哲坛的历程。展现在读者面前的艾思奇是丰富深刻的，既有睿智者的深沉、博学，又有大成者的平易、善良，还有他曲折的人生经历。这些首次披露的史料和精当的描述，使这部作品更加生动感人。从遥远的边境侨乡腾冲，到中国革命的圣地延安，艾思奇完成了他的新哲学系统。杨苏以生动的笔墨为读者再现了一代哲学家艾思奇的传奇人生。

杨苏的短篇小说《没有织完的筒裙》是他前期的代表作。这篇作品构思巧妙，充满浓郁的诗情画意和鲜明的边疆民族特色。小说写景颇族姑娘娜梦与她的母亲麻比，围绕织筒裙而展开的一场新与旧的思想斗争，展示了景颇族母女两代人的思想差异和新型少数民族妇女的成长。小说引用了一句景颇族谚语："男人不会耍刀，不能出远门；女人不会织筒裙，不能嫁人。"这句话成为引发小说情节的一个重要契机，也是母亲麻比坚持要求女儿娜梦在家里织筒裙的重要理由。作家杨苏曾经在民族地区工作多年，对景颇族的民族风俗、民族心理有比较深入的了解。所以小说中的人物对话体现了浓郁的景颇族习俗。小说一开篇，母女俩就针对织筒裙的事，展开了有趣的对话。母亲麻比形容青春期活泼好动的女儿像只山麻雀，安静不下来，但母亲希望她能好好坐下来，织一条漂亮的筒裙。而女儿娜梦心里却装满了对新生活的热情与向往。母亲的心放在织筒裙上，女儿的心则放在公社的玉麦地上。母女二人心态的错位，实现了小说中人物冲突的有趣的效果。小说开篇的景物描写生动清新，用白描手法把景颇山的美丽风光展示给读者。然后通过母女二人的问答，让故事情节进一步展开。作者从民族生活习惯到人物心理的波动都把握得准确到位。母亲麻比关心的是女儿会不会织筒裙，能不能顺利嫁人这件大事。而女儿娜梦的心思则在屋外的新生活上。两人的对话生动细致，而且富有民族生活气息，对景颇族俗语的引用恰到好处。载瓦人的"古话"和生活中一些充满哲理意味的俗语，自然地从母女二人的嘴里说出来，为小说增添了趣味。

作家擅长用对话来推动情节、展开故事进程。景物描写清新生动，把景颇山特有的自然风光展现在读者面前。在母女的对话中，一个民族古老的历史、独特的民俗风情，也得到了细致表现。从而让人理解，母亲麻比为什么如此急切地希望自己的女儿能织出一条漂亮的筒裙来。不过作者并没有过分强调母女之间的代沟和冲突，而是让母女间的亲情得到充分展现后为小说带来更多的温情和温馨。小说中的新与旧，并没有形成绝对的对立和冲突，而是更多地体现出符合生活的逻辑，让人读了感觉非常真实可信。

小说中的人物关系设置比较简单，情节主要在一对母女之间展开。但从她们身上，同样可以感受到新时代对一个民族的生活冲击。一些新的名词开始出现在她们的语言中，一些新事物也带给她们不同的感受。母亲接受新事物需要更多的时间，女儿则能很快融入新时代的氛围之中去。

一部只有4 000多字的短篇小说，把一个民族进入新生活时“新”与“旧”的冲突表现得如此生动，体现了作者深厚的写作功力。所以，著名作家冰心读到作品后，专门写了读后感。冰心说：“读完《没有织完的筒裙》，兴奋得如同看了描写兄弟民族生活的电影一样，它把读者引到色彩浓郁的环境里，丰富奔放的生活中去。”小说以织筒裙开始，虽直到结尾这条筒裙仍然没有织完，却展现了一个民族面对新时代、新生活的丰富意蕴。理想和希望之光，已经照到景颇山上，带给新一代景颇族人全新的生活。小说中弥漫着温馨的亲情，浓郁的民族生活气息，能让读者从阅读中获得愉悦的审美享受，不愧为当代文学中的精品。

苍山洱海情深深：晓雪

晓雪，生于1935年，原名杨文翰，出生于大理喜洲，著名白族诗人、文学评论家。曾任云南省文联副主席、云南省作协主席等职。

晓雪幼时家贫，常年寄居在外祖父家，从小就从外祖母那里接受白族民间文学的影响。所以晓雪对白族民间文化情有独钟，他的叙事诗多取材于白族民间文学题材。1952 年晓雪考入武汉大学中文系，有了更广阔的文学天空。1954 年以后，他分别用苍洱星、晓雪等笔名发表诗歌 400 多首，同时还发表评论、杂文、散文、报告文学数十篇。晓雪的创作突出表现在诗歌和文学评论方面。1957 年他出版文学评论集《生活的牧歌》，对艾青的作品进行了系统的研究评价。大学毕业后晓雪被分配回云南省文联工作。

作为中国当代著名白族诗人和文学活动家，晓雪的文学创作活动长达半个多世纪，经历了 20 世纪五六十年代的多次政治运动，参与了云南文坛 20 世纪 80 年代的复兴，为少数民族作家队伍的建设贡献了力量。作为一位文学活动时间跨度比较长的诗人和文学工作领导者，他对文坛的影响是多方面的。他著有诗论集《生活的牧歌——论艾青的诗》《浅谈集》《新诗的春天》《诗的美学》《面向新时代》《诗美断想》《诗美的采撷》，诗集《祖国的春天》《采花节》《晓雪诗选》《晓雪爱情诗选》《爱》《绿叶之歌》，散文集《雪与雕梅》《无味之味》《苍山洱海》《晓雪序跋选》等 20 多部。其中，《晓雪诗选》获全国第二届优秀新诗奖、意大利第二十二届蒙德罗国际文学奖特别奖，长诗《大黑天神》获全国第一届少数民族文学创作奖。

晓雪作为白族的第一代诗人，于 20 世纪 50 年代崭露头角，为中国当代诗坛提供了新的审美内容。他的诗把云南高原的美丽风光、白族人民的民俗风情带给全国读者，为更多的人了解云南多元的民族特色提供了形象的阐释。他的长诗《大黑天神》就取材于白族民间传说，塑造了一个大无畏的英雄人物和神界的叛逆形象，体现了白族人民的理想、愿望和审美。迄今为止，这也是当代白族文学中不可多得的佳作。

他诗中的苍山洱海、白族风情形成了独特的艺术风格，是“爱的升华、情的净化、美的结晶”。在诗人的审美视野中，故乡的美丽山水化成了他笔下的《蝴蝶泉》《望夫云》《美人石》《洱海之歌》等动人的诗篇。晓雪的这类诗和中华人民共和国成立后当代诗歌的潮流和走向是一致的，主要体现在对新生活的歌颂，对新时代的赞美，充满了浓郁的诗情。但又因为他的白族身份和边地生活的经历，在诗中展现出独特性，为读者提供了一个全新而又美丽的审美世界。他在赞美故乡的同时，也借助于诗的力量把苍山洱海的美和边地民族文化的多种元素融进诗行，丰富了当代诗歌的审美内涵，也为少数民族诗歌的发展起到了重要的促进作用。从这个角度看，晓雪对当代诗歌的贡献是突出的。有人称晓雪为“一名出色的边疆歌手、时代歌手”。他的诗在保持歌颂、赞美基调的同时，还很注重艺术上的追求，力求使诗歌的魅力通过艺术的感染得到展现。正如著名诗人艾青在为晓雪诗集《爱》所写的序言中所说：“他所写的诗纯朴而清丽，有如大理石的片片淡雅，像泼墨的山水画……”著名作家王蒙也评价说：“他的作品于温柔诚挚中见风骨，于明白晓畅中见深情。他的诗作是我们祖国多民族百花园中的一个重要收获。”在很长一个时期，晓雪和他的诗都代表着云南诗歌的成就和高度。他以云南著名白族诗人的身份所参与的很多全国性的文学活动，为云南文学走向全国产生了一定影响，带来了声誉。

晓雪曾经以白族民间传说为题材写过一些叙事诗，如《播歌女》《蝴蝶泉》《羊龙潭》《小鹦歌》等，还创作了长诗《大黑天神》。这些诗朴素、清新、自然，充满了对故土的一片深情。无论对中国当代诗歌还是云南少数民族文学的发展，晓雪都贡献了自己的力量。

晓雪的长诗《大黑天神》，原载《山茶》1980 年第 2 期，获全国第一届少数民族文学创作奖。这首诗取材于大理民间关于大黑天神的传说，他是天上的神，原本是被玉皇派到人间来散播瘟疫，最后却被人间的美丽景色和人们劳动创造的精神所感动，选择自己服下瘟疫种子，为了人类牺牲了自己。

这首长诗是以民间传说为题材而作的，在民间思维中，天上的玉皇大帝有着绝对权威，掌管天上、地下的所有事情。所以长诗中对此有形象的描述，“风雨雷电归玉皇大帝指挥，大小神仙归玉皇老爷调遣。玉皇说天阴，太阳绝不露脸；玉皇说下雨，老天绝不会下雪。”诗中把玉皇大帝的霸道、专横描述得生动传神，甚至他还宣布，日月星辰皆围着他旋转，要求霞花雾朵都为他而盛开。因为在玉皇看来，大千世界，天地万物，均承受他的恩典，他的威权可以大过天。茫茫宇宙，谁也没有他这样大的权威！诗中以夸张的手法，表现了玉皇的霸道与专制，为后面情节的展开进行铺垫。大黑天神接受命令之后，来到人间。他看到的是人间男耕女织，处处是一片欢乐的景象，更加不明白玉皇为什么要让他去做如此可怕的事情——毁灭人间的幸福与快乐。他一直在徘徊、犹豫，三天两夜恍然如梭。如果大黑天神违背玉皇的旨意，就意味着对专制的反抗，他必须承受由此带来的牺牲。此时他已经意识到，玉皇的决定，是“凶狠残暴的命令”，是“惨绝人寰的旨意”，将会“制造死亡和黑暗，把罪恶撒遍人间”。所以自己决不能遵从，决不能做将人类毁灭的坏事。这首长诗，精心塑造了一个勇于为人类牺牲自我的天神形象。与民间传说相比，这个形象更典型、更集中，特别是对他心理活动的深入描写，突出了他的痛苦和悲壮，让这种牺牲变得崇高而感人。“于是，大黑天神一口吞下了全部瘟疫的种子，他承担了最大痛苦，忍受着巨大的熬煎！他的脸更黑了，却把光明永远留在世上，他立刻就死了，却把生命永远留在人间。”这是一种崇高的牺牲，有一种虽死犹生的伟大，自然会受到人们的感激与纪念。诗的结尾用抒情手法，对大黑天神进行歌颂和赞美。他的形象堪称完美，身上体现出的自我牺牲精神更是具有感召力。“为什么高高的苍山顶上年年积雪不化？那是它在披白戴孝，永远把大黑天神吊唁；为什么滔滔的洱海日日夜夜歌唱不歇？那是她在赞颂大黑，永远激励人们向前……”

臧克家 1995 年在给晓雪作品研讨会的题词中曾经说过：“他的

诗和散文风格独具，富有民族特色，为世所称。”著名诗歌理论家谢冕则认为：“晓雪是以着重展现多种民族多种文化交相辉映的创造而获得全国声誉的诗人。他是一位能从大的方面认同当时诗风、又能以自身的创造而显示个人特点的诗人。他拥有云南的全部丰富和神奇。”长诗《大黑天神》，正是这一特色的具体体现。

空谷兰的幽香：张长

张长（1938—2022 年），原名赵培中，云南云龙人。曾做过乡村医生，文学期刊编辑，中国作协会员，中国散文学会理事，中国国学研究会研究员，国家一级作家。

张长在 1956 年毕业于昆明医士学校，历任医生、文化馆工作人员、云南省文化局创作室编辑、《大西南文学》编委、云南省作协第三届理事。他于 1957 年开始发表作品，1979 年加入中国作协，已在人民文学出版社、上海文艺出版社、作家出版社、中国青年出版社等出版社出版诗歌、散文、短篇小说、中篇小说、长篇小说 18 种。2012 年由作家出版社出版《张长文集》6 卷，计诗歌 1 卷、散文 2 卷、短篇小说 1 卷、中篇小说 1 卷、长篇小说 1 卷。一些作品被译成英、法、日文，《世界华人文化名人传略》（香港）、《国际剑桥名人词典》（英国）及国内数种辞书收有张长及其作品词条。

张长著有长篇小说《太阳树》，诗集《澜沧江之歌》《勐巴纳西》《凤尾竹的梦》《边寨的爱》，散文集《紫色的山谷》《三色虹》《凤凰花与火把》《宁静的淡泊》《另一种阳光》《远去的船》《感受记忆》，中短篇小说集《阴错阳差三部曲》《种子与八卦》《求签》《张长小说选》《情系大理·张长卷》等。

他的短篇小说《空谷兰》于 1979 年获全国优秀短篇小说奖（后纳入鲁迅文学奖），短篇小说《希望的绿叶》于 1981 年获第一届全国少数民族文学奖，短篇小说《最后一棵菩提》于 1985 年获第二届全国少数民族文学奖。

长篇小说《太阳树》，1992年由作家出版社出版，获1997年中国作协第五届少数民族文学创作骏马奖。小说以中缅边境小镇为背景，描写了一个由汉、傣、景颇三个民族组成的一家三代人从抗日战争到改革开放的悲欢离合的故事。

张长是个文学创作的多面手，他写诗，也写散文和小说。他于1960年出版的第一部诗集为《澜沧江之歌》，诗集分为两辑，第一辑《椰林短笛》收入短诗19首，长诗1首；第二辑《黎明城颂》，收入散文诗11首。年轻的诗人满怀激情，歌唱边疆各民族的新生。这些诗体现了绚丽多彩的民族特色，具有强烈的时代气息和艺术感染力。

张长的散文清新优雅、温婉动人，是他诗歌精神的延续。他在《紫色的山谷》的后记中曾经描述自己走过的创作过程："和许多青年一样，我一开始学写诗，随后我觉得散文诗更不受拘束，我又学写散文诗。后来又发现散文诗这一形式很难表现有情节、有人物的内容，这才开始学写既能叙事又能抒情的散文。……我学写散文是按诗——散文诗——散文这个顺序前进的。……当我动手写一篇散文时，我总是努力地按一首诗那样去构思，按散文诗那样去行文。"散文集《竹楼青瓦与春城故事》，是张长近年发表在《人民日报》《光明日报》《文汇报》《文学报》《人民文学》等报刊上的新作集结，比较能代表他散文创作成熟的特色和风格。近年他还著有音乐散文集《另一种阳光》，张长成功地进行了"人生与现实的音乐诠释"，围绕着音乐与生命、自然与社会等角度进行深刻思考的音乐感评。对音乐的热爱，使他保持着年轻的心态和充沛的精力；对音乐的热爱使他免除了物欲之累和人情之苦；对音乐的热爱，使他能陶冶情操，升华修养。

张长的散文《昆明的雨》，发表于《人民日报》2011年11月16日。整篇散文一直围绕汪曾祺的同名散文展开，只是汪文写的是20世纪

40 年代的昆明，而张长的散文是面对 21 世纪的昆明。两相对照，历史和现实交错互进，一些相同的事物在同一城市不同的时空中呈现出不同的面影，诸如莲花池景色、干巴菌、杨梅等，两相比较，别有一番意趣。《昆明的雨》可以视为是在和汪曾祺隔着时空对话，使 20 世纪 40 年代的昆明和当下的昆明之间有了某种特殊的联系。历史是不能割断的，它的内在精神如同一条暗河，在无形中汩汩流动。作家感叹的“斗转星移”“物异人非”“此雨非彼雨”，是对时光的回望与感叹。时光无情，怀旧是一种不可避免的情绪，它可以使一篇散文变得沉郁。时光的“况味”和“氛围”永远都在变幻和更新。文中作家对木香花的执着，代表了对一种精神的坚守，有令人感动的余味。

张长的短篇小说《空谷兰》首发于《解放军文艺》，收入短篇小说集《求签》。《空谷兰》于 1979 年获全国优秀短篇小说奖，1980 年改编为电视剧。这篇小说的构思精巧独特，以“空谷兰”为意象，串联起全篇。知青返城的浪潮，是小说的时代背景。小说通过两个上海知青和一个爱尼山寨姑娘的命运，表现了时代生活中个体生命的精神价值和追求。小说中的“我”是个来自上海，留在爱尼山贺松寨当老师的知青，“我”需要同时面对知青回城的浪潮和因此导致的与女朋友分手的结局。女朋友萍对爱尼山寨没有感情，只想回上海去过城市生活。“我”则放不下爱尼山寨的孩子们，在爱情和责任之间挣扎着。《空谷兰》这篇小说所表现的内容，有着特定时代的烙印。但主人公身上有一种理想主义的精神光环，所以会产生令人感动的效果。不论任何时代，理想主义的境界总是会让人心生敬意。这篇小说的成功还在于构思的独特和精巧。小说的语言清新而充满诗意，叙事简洁，体现了作家在小说写作上的不凡功力。

不断奋进的开拓者：那家伦

那家伦，生于1938年，出生于云南大理，1952年毕业于云南军区医校。1950年参军，历任昆明军区政治部文学编辑，下关文化馆馆员，《民族文学》小说组长、编辑部主任，下关文化馆副研究员，大理广播电视局副研究员。

那家伦于1954年开始发表作品，1979年加入中国作协。他先是参军从医，后又改行从事军事文学创作与编辑工作。几十年来，发表大量散文、小说、散文诗、诗歌、电影文学、文艺评论以及杂文随笔等。其作品民族特色浓郁，深受读者喜爱。多年来他著有长篇小说《黄金与人欲》，小说散文集《篝火边的歌声》，小说集《真挚的爱》，散文集《澜沧江边》《放歌春潮间》《花海集》《那家伦散文选》，散文诗集《红叶集》《孔雀集》，中篇小说《爱的裂变》《陷落的生活》《自来水管畅流混泥浆》，主编散文集《名家笔下的大理》（合作）等近200部（篇）。

他的报告文学《开拓者》获全国第三届报告文学奖、第二届民族文学荣誉奖及煤矿文学奖，《花的世界》获全国首届民族文学奖，《大江歌》获全国第二届民族文学奖，《陋斑素描》获1989年《人民日报》散文奖。其作品曾获省级以上文学奖32次。他的散文彰显了少数民族作家散文艺术的民族特色和艺术个性，用优美抒情的语言营造优雅和谐美好的艺术境界，运用各种艺术手法描写边疆少数民族的风俗民情，形成了自己独特的艺术风格，特别是他的作品展示了大理白族民众不同时期的生活风貌和精神风貌。

他的第一部小说集为1960年出版的《篝火边的声音》，共收入作品9篇，大多是描述医务人员救死扶伤，替边疆民族兄弟消除病痛的真实情景。其中《真挚的爱》描写了两个志愿军战士在战火中的爱情故事，具有鲜明的时代特色。在这篇小说中，战争的残酷和爱情的美好互为映衬，读来令人感动。

那家伦在20世纪80年代出版散文诗集《红叶集》和《孔雀集》。《孔雀集》主要表现作者对故乡的热爱之情，通过很多具有云南特色的事物，表达出作者的爱与诗情。他在集子的“小序”中深情地说：“我从孔雀生长的地方来。我的家乡，就是孔雀的家乡。美丽的孔雀，为什么爱上了云南？是因为彩云之南的美丽高原充满馨香吗？是的，那里，是个花的世界；是因为彩云之南的神奇的高原充满音韵吗？是的，那里，是个歌的世界；是因为彩云之南的丰富的高原充满灵感么？是的，那里，是个诗的世界！”

1986年出版的《那家伦散文选》是他的第七部著作，收入散文作品68篇，内容丰富、题材多样。这些散文在写景、抒情、叙事上，都结合得很好，既有祖国大地美丽风景的生动展现，也有许多充满时代气息的人物活跃其中。那家伦的散文中活跃着各民族的人物群像，他们都曾经身受苦难，在新的时代才获得新生。云南民族地区的美丽景色也是那家伦散文着力歌颂的内容。洱海、山茶、火把、大山、朱兰、红果……这些事物在他的散文诗中构成了绚丽的背景，体现了作者对故土的热爱之情，同时也弥漫着浓郁的边疆特色。

那家伦的散文，已经形成自己独特的风格，除了熟练的写景抒情技法外，他的散文还有一个可贵的特点，就是对生活的思考、对哲理的追求。这个特点为他的散文增加了厚重的内涵。面对时代和社会的发展进步，那家伦能始终保持火热的激情为其书写和歌唱。这是他作为诗人和书写者对时代的贡献。

他的散文《火的节日》写的是大理火把节的盛况，散文开头从“火把花”“火把梨”这些和火把节有关系的事物着手，进行节日气氛的铺陈渲染。作者竭力渲染着天气、风景，为火把节的到来营造气氛。作者采用顺叙的方式来写作这篇散文，但是中间适当穿插一些白族民间传说，可以加深读者对白族的认识和了解。洱海景色和历史传说把读者带入新的意境之中，面对美丽景色和周围火热的气氛，作者的思绪“不禁飞到幽古的年代”，开始讲述关于火把节的传说。

这是和本文主题息息相关的内容。仰古俯今，使读者对火把节的内涵有了更多了解。这篇散文采用了移动视角，比较全面地描写大理火把节的盛况。构思错落有序，对白族火把节进行了全方位的描写。而且借用了电影艺术中“推拉摇移”的手法，对洱海沿岸不同村庄过节的盛况进行表现。视野开阔、节奏紧凑，再现了一个火热的火把节全景。

中篇小说《自来水管畅流混泥浆》发表于《民族文学》1988 年第 7 期，是一篇与生态环保问题有密切关系的小说，体现了作者在生态问题上的前瞻性。小说开篇就把矛盾表现出来，某天清晨醒来，小城的居民突然发现自家水管里面流出的竟然是混水泥浆。平静的生活因此被打破，各种人物的表现生动形象，各种矛盾冲突纷至沓来。这样的构思独特而精巧。小说先描写了小城人生活中出现的问题，然后引出一个人物——“他”，一开始这个“他”的身份是模糊的，作者给“他”的定位非常高：“并非先哲，却有先知的本领。他仿佛早已透过岁月和历史的纵深，看到了这个早晨……”这段描写预示着这个“他”与小城之间的历史一定存在某种关联性。小说采用历史与现实交织的方式，让“他”以历史见证者的身份参与到小城的现实中来。“他”的经历与小城面对的“水管畅流混泥浆”的现实，二者看似没有直接关联，但又有着一种“报应”式的关系。面对人为的破坏，大自然总是会以它的方式报复人类。只是人类尚未觉悟，在找水的过程中，人性的善恶又得到生动的表现。小城只有一口茶花井尚有清水，这成了检验人心和人性的工具。“他”为保护生态而付出的历史，和现实中各色人等面对教训的无知，构成了小说的双重叙事结构，让生态问题再次被提到了生存的高度。“他”的形象是高大的，但也是悲壮的。因为他是孤独者，很少有人能理解他并成为他在生态保护上的“同志”。他曾经是生态学专家，曾经是这个城市的市长，这种双重的身份，仍然不能帮助他完成改善生态环境的理想，这是小说的深刻之处。他对生态的保护，只能停留在理论和书页上面。“每天清晨都这样，饮着清茶，理着资料，写成文章。”“不作文明始，恐将野蛮终。”正是这篇小说表达的深刻主题。

这篇发表于20世纪80年代的小说，体现了比较超前的生态观念，借一个小城发生的故事说明生态环保的重要。但是作家最后也没有更好的解决问题的方式，只能借“清官”来带给读者一点希望。但是北京来的“组织部副部长”出场，也不能解决现实的问题，“他”这位老市长只能从“种树”和人心两个方面提出解决问题的方向，一切都还只能停留于思考。在今天的现实生活中，生态环保问题早已经引起各级部门的高度重视，并落实到具体行动上面。生态环境的改善，已经是有目共睹的事实，但是发表于30多年前的这篇小说，仍然有它存在的意义。毕竟，作家在多年前就以敏锐的目光，关注生态环境和环保的问题。小说中的老市长“他”这个形象对改变生态环境的执着，也有一种让人感动的精神力量。

骏马奔腾：袁冬苇

袁冬苇（1938—2014年），出生于大理弥渡。1952年参加工作，曾经担任过小学教师、团委干部。1980年后任《下关文艺》编辑，曾任大理市文联主席、《大理文艺》主编。在1957年开始发表文学作品，1993年加入中国作协。

他已经出版散文集《大理游踪》《苍洱旧事》，诗集《小船，载着爱》《风花雪月》《那一片云》《残月》《爱履情踪》《回归》《大理，神奇而又美丽》《苍洱情》《袁冬苇诗选》《云岭放歌》等。诗集《回归》获第六届全国少数民族文学创作“骏马奖”。

袁冬苇在中国文联出版社出版的诗集《云岭放歌》，精选了他近年来发表的诗歌200多首。他的诗风格刚劲奔放，富于诗意与哲理，表达了诗人对滇西故土的热爱，对历史现实的反思。著名诗人、评论家张永权曾经这样评价袁冬苇："在诗人的笔端，每一块石头都有一个活的灵魂，火一样的激情铸成了石中的坚钢""这就是大理石的性格和色彩，这就是来自彩霞之乡的歌唱"。

谈到自己的创作动力，诗人在创作手记中说："万山丛中的云岭西北部，金沙江、澜沧江、怒江千里而来，在这里汇合后，又各择其道奔涌而去。闻名遐迩的南诏、大理故都、香格里拉、怒江大峡谷坐落其间。这些得天独厚的自然景观，深郁的民族文化，让云岭享誉中外，本书寻踪这些亮点而歌。"这是诗人写作的目标和重点，他对故乡的热爱之情渗透其间。

袁冬苇的诗主要表现其对故乡土地的一片深情，也有对生活哲理的思考和开掘。这首《山，在云南》，选自2007年5月出版的《袁冬苇诗选》，比较集中地体现了他的诗歌风格。全诗围绕云南的山展开，从不同角度描写它的神奇壮美。诗中取一个高远的视角，把大山视为大海，群峰就有了海浪般的波澜壮阔。

海追，浪赶，向东，向西，向北，向南，
泥沙，红壤，石块，里十层外十层，
叠起大山十万——
山，在云南！

这就是云南的山，它形象独特而具有一种震慑之力。只有一个非常热爱家乡的诗人，才会以如此激情去描述家乡的山，看到它内在的力量与魅力。"以浪的磅礴，以海的壮观，以雷霆的迅猛，以力的臂膀，竖起绿色屏障，千里边防……"一个非常热爱山的诗人，才会如此为山的雄伟、磅礴而自豪。

绿色，是云南的追求与特色，也是云南之山的外在之美。诗人在诗中，尽力渲染绿色的意义。"给生命以常绿，层林尽染出四季春光，植被覆盖了泥岭荒坡，喧哗的林涛，写出春的礼赞——山，在云南！"希望绿满云南之山，是诗人的理想。但这绿，不是凭空而生，它源自一代代云南人的劳动和创造。所以诗人在诗中赞美云南人“以自身的坚硬，腾起畅想的翅膀，山的儿女，甩掉穷愁，兴旺的五业，织起金波银浪……”

创造之美，是云南之山的内在之美。多山，是云南的自然特色，同时也是云南精神的一种隐喻。这首诗用“浪”的意象，比喻云南之山的奔腾与壮阔，确实有一种新鲜之感。诗人的视野非常开阔，诗意浓郁，既写自然之山的壮美，又赞美现实生活的发展与进步。诗中洋溢着对家乡的热爱，对劳动创造的赞美。通过山的变化，写出现代化对云南人生活的促进，以及云南人追求新生活的美好精神。所以，诗人在诗的结尾处再次表达出自己对未来的畅想，“啊，云南，山的故乡，蕴藏无限之宝，慷慨地馈赠，筑起明日欢乐的殿堂！”

袁冬苇的诗，集中凝练，有强烈的抒情性和诗意之美。诗中还可以感受到诗人对理想的追求，对未来的向往，充满乐观向上的精神。

苍洱“太阳鸟”：张焰铎

张焰铎，生于 1943 年，曾用名康庆平，云南大理人，在金融系统和文化系统工作。其曾担任下关文化馆馆长，大理市文化局局长等职，于 1960 年开始发表作品，1994 年加入中国作协。

张焰铎著有散文集《说不完的大理》《婚途》，小说集《醒着的望夫云》，儿童文学集《洱海的孩子》等。其中《醒着的望夫云》获第四届全国少数民族优秀作品奖，根据小说改编的电影《彩月和她的情人》获全国少数民族题材电影腾龙杯奖，微小说《握手》获春兰杯世界华文微型小说大赛二等奖，小说《软磨》、儿童文学《爷爷的魅力》获云南省文学创作奖，散文《梦跑八百里》《亲昵玉龙》获《女性大世界》《云南日报》一等奖，《羊泪》获第八届云南文学艺术创作奖。

张焰铎是当代创作成就斐然的白族儿童文学作家，也是云南“太阳鸟作家群”的重要作家之一，几十年来扎根苍洱之间，笔耕不辍，已出版《醒着的望夫云》《洱海的孩子》《说不完的大理》《婚途》《羊泪》等文学作品，在思想领域和艺术天地不断拓展。他的作品清新愉悦，内容让人恬淡怡然，展现了云南多姿多彩的绮丽风光和独特的民族风情。他的作品善于把人情、诗意与自然之美有机统一，用清新活泼的语言、优雅而富有诗意的古典格调构造出儿童般纯美的艺术世界，发自内心，顺乎天籁，既有坚实的文化之“根”，又有超越的艺术之“灵”。其作品丰富了乡土童年的意义构成，再现了边地人民所固持的生命态度与审美情怀，点燃了苍洱之间作为“故乡”存在的心灵之灯（纳张元教授语）。

《洱海的孩子》《金子在沙里》《妈妈的白发》《爷爷的魅力》《羊泪》等是融入生命感受的作品，真诚而温暖。著名儿童文学作家沈石溪曾评价说：“白族作家张焰铎先生的小说《洱海的孩子》和《金子在沙里》，不违避生活的苦涩，却巧妙地将这种苦涩酿造成很适宜孩子们饮用的蜜酒。”

《羊泪》是张焰铎献给家乡大理、献给儿童的精品力作。全书收录了张焰铎精心创作的 20 篇儿童文学作品，展现了大理丰富多彩的绚丽风光和独特的民族风情，字里行间流淌着对白族以及滇西少数民族深沉的爱。它通过对一个白族孩子心理的细致描写，表现了自然怀抱中孩子的成长之路。一只丢失的羊羔，一只生病的母羊，牵动着一对母子的心。尤其是这个白天能放牧 73 只山羊的孩子，在夜晚来临时却陷入多思的情境之中，为羊的命运而担忧。小说中，主人公因为一只丢失的羊而生出的焦急、忧虑和惶恐的心理，读来令人感动。小说把一个孩子复杂的心理过程描述得生动细致，与母亲相依为命的处境让他更能产生对弱小动物的同情与理解。连猫头鹰的叫声也能惊扰他的思绪，这是一个心性敏感而脆弱的孩子。小说开始就营造了一种淡淡的忧伤的气氛，把孩子的内心呈现于文字。

《羊泪》是一篇充满人性精神的儿童小说。读到小说结尾才会明白，它为什么取名“羊泪”，它要表达的是一种可以超越物种的爱的精神。通过羊的母爱，衬映出人类的母爱。小说中的母亲着墨不多，但是在孩子眼中，她是自己的依靠，是自己生命的源头。羊羔失去“妈妈”这件事，也刺激着孩子的心灵，让他突然感受到母亲的重要，感悟到自己也会有和母亲分离的那一天。成长，就是以这样一种方式让人顿悟。在张焰铎的小说中，弥漫着大理的民间事物和风情，以及对自然精神的思考。

《羊泪》背后是人的泪水，是成长的阵痛。小说中的儿童视角和儿童心理，都有很好的表现。优秀的儿童小说，不仅仅是给儿童看的，就是成年人读了，也同样会有感动和收获。

潜心于寓言：凝溪

凝溪，生于1943年，原名李治中，云南大理人，中国作协会员，中国寓言文学研究会副会长。1961年毕业于昆明市美术学校，自幼酷爱音乐、绘画，后致力于寓言创作，至今已发表寓言作品2000多篇（部），结集出版了《凝溪寓言2000篇》《猴子的舞蹈》《猫头鹰的疑问》《无药的药方》《凝溪寓言选》《狮子与哈哈镜》《军犬立功》《伊索与富人与穷人》《凝溪寓言》《一分钟寓言》《动物寓言》等12本寓言集；多次在云南省和全国获奖，许多寓言被收入《中国寓言文学史》《寓言辞典》《寓言鉴赏辞典》《世界寓言精品大全》《世界寓言精选》《中外寓言鉴赏辞典》《中国当代儿童文学精品》《中国当代寓言精品》《中国寓言佳作选》《中国现代寓言名篇选析》《中国新文艺大系》等数十种寓言选本，有的被翻译为外文及少数民族文字。同时他还潜心于寓言文学研究，著有《中同寓言文学史》。凝溪是一位令人瞩目的白族寓言作家，他的寓言创作有几个特征值得一提。其一，他的寓言作品，不仅产量高而且质量高；其二，他营造的寓言世界信息量大，内容丰富，无奇不有；

其三，他的寓言形式灵活多变，短小精悍，故事单纯，也有篇幅长、字数多、故事曲折迷人的系列寓言。

《凝溪寓言》是一部质量上乘、数量较多的个人寓言集，由云南人民出版社于 1987 年出版。凝溪创作的寓言作品，在全国寓言作家中属于数量比较多的。他的一些作品已经被翻译介绍到国外，引起评论界的关注和好评。该书精选其寓言作品 520 篇，这些作品题材广泛、寓意深刻，闪耀着智慧的火花。它们不仅能揭示生活的哲理，而且能反映出作者对人生的思考、探索和追求。从艺术上看，这些作品形式短小、语言生动、情趣盎然，艺术感染力强。

比如开篇的《蚌》，小鱼对大鱼说："我看海中没有比蚌更威武的了。看他身上那两块坚硬的盔甲，真像一个了不起的武士！"大鱼对小鱼说："一个人的勇敢不在外表。你仔细看看，只要水面上起点小小的波浪，他便被吓得像遇上地震一般，只有等风平浪静的时候，它才敢把头伸出壳外吸口气。水族中，没有比他更可怜和可笑的了。"其中饱含深刻的人生哲理。

诗意地书写生活：张乃光

张乃光，生于 1949 年，云南大理人，中国作协会员、云南省作协会员。曾任大理白族自治州文联副主席、作协主席、《大理文化》主编等职。

他于 20 世纪 70 年代末、80 年代初开始文学创作，曾先后在《人民日报》《人民文学》《民族文学》《新观察》《中华散文》《华夏散文》《广西文学》《边疆文学》《山花》《雪莲》《滇池》《野草》等百余家报刊，发表小说、散文、诗歌、散文诗和文学评论三百多万字。其作品以散文为主，经历了"诗意地书写生活"（散文集《秋天的湖》）、"冷静地反映人生"（散文集《走进视野》）、"在场地记录时代"（散文集《蓝洱海白月亮》）三个创作历程。作品中有对故土诗情画意的描写（《白石溪的下午》），也有对人与自然的忧思（《打雕场上》《一条深刻的大江》《亲眼目睹一种植物的入侵》《蓝洱海白月亮》），更有对社会变迁刻骨铭心的记录（《一河之隔》《洱海之村》《夜行江上》）。故土情怀、生态意识、在场写作，是张乃光散文写作的特色。除散文外，他还创作了《绕三灵》《蝴蝶飞啊飞》《弯弯曲曲的小路》《编辑部里的故事》《小黑牛》《熟悉的敲门声》《假如遇上你》等一批小说作品，发表了数百篇散文诗和一百余篇文学评论文章。

张乃光一直居住在苍山洱海，以其写作现场的独有性、写作风格的独创性，创作了一系列引人注目的作品。1998 年《秋天的湖》一面世即受到社会各界关注。天津《文学自由谈》1998 年第 1 期以《张乃光的散文世界》为题发表评论说："乃光是一个真正热爱写作，而且用心研究写作的人，他的散文在取材布局、叙述方式、语言色彩、美学取向等方面，极尽变化，引人入胜。"此外，散文集《走进视野》《蓝洱海白月亮》相继出版后，也获得好评。《走进视野的真文字》（载《边疆文学评论》）、《以真爱守望故土　用真情抒写生活——白族著名作家张乃光散文审美追求》（载《山花》杂志）等评论认为："博大朴实而充满灵气的大理，哺育了白族散文家张乃光"（邓家鲜语），张乃光的作品兼具苍山的雄奇、洱海的秀美，以苍山洱海为中心的山水散文，"无疑是张乃光散文创作中最具特色最有成就的部分。从不同角度看，如此集中地描写云贵高原上的一座山、一个湖的独特的自然风光和历史风貌，并成为一生的精神追求，这在山水散文的书写中，无疑是不多见的"（吴义勤语）。在作家笔下，每一座山、每一条河、每一个峡谷、每一次落日……都被纳入审美视野，并经过主客体的交融，具有了情感的温度和文化的气息。正是生活之场与写作之场的高度统一，使他的散文得以体现一个"真"字，成为"走进视野的真文字"（张永权语）。

张乃光的散文受到读者关注，连续四年入选王剑冰主编、长江文艺出版社出版的年度散文选本，还有作品入选《新中国成立60周年少数民族文学作品选（散文卷）》《新时期中国少数民族文学作品选集·白族卷》《新时期云南少数民族文学作品选（白族卷）》《中国西部散文精选》《中外唯美文学经典书系·精品美文》《中国当代散文（西南卷）》，以及散文集《爱的流泉》、诗集《蓝手帕》《大理游记选》《苍山读本》等选本。

散文集《秋天的湖》获云南省第三届优秀文学艺术创作奖，散文《蓝洱海白月亮》获《云南日报》第九届文学奖。此外，还有一百余篇（部）作品在云南省及至全国各类征文活动中获奖。

散文《蓝洱海白月亮》发表于《云南日报》2007年11月30日《花潮》副刊，是一篇写景抒情俱佳的散文作品。散文选取了洱海和月亮这两个自然事物为写作内容，突出了它们的色彩，一个是蓝色，一个是白色，诗意从色彩中自然流露出来。散文开头，从别人不经意的一问，引出作者对洱海之月的喜爱。细想之下，就找到了答案，因为作者记忆中的洱海总与月亮有关。而著名的大理四景，洱海月便是其中一景，作者认为这是大理人对洱海月的集体记忆。这样的开头，很快便能切入主题，围绕着洱海月展开描述。为突出洱海月的独特，文中还引用了明代一个叫冯时可的文人在《滇行纪略》中说过的话来作为佐证——洱海地区“日月与星，比别处倍大而明”“望后至二十，月尤圆满”。视角的变化，让关于月亮的描写也变得丰富多彩。作者其实还是在通过对比，寻找洱海月大而明亮的原因。

散文始终围绕“蓝洱海”“白月亮”展开描述，其颜色对比鲜明，互相映衬。从时间上看，这篇散文历史与现实之间交错对比，体现了阅读的层次感。作者还在文中记述了一段20世纪80年代关于洱海的记忆，那个时期的洱海，在环保方面还没有出现问题，还保持着一种古朴的状态。文中写道：“湖滨到处长满水草，水草间飞着白鹭和水鸟。在洱海里潜泳，睁开眼睛可以看得清楚海里一缕缕飘曳的水草和一群群游走的鲫鱼。在那样的日子，去洱海边，又恰好遇到月亮，真是美不胜收。”

前面都是作家记忆中的世界，纯净而充满诗意，中间却笔锋一转写洱海的变化。现实发展带来的种种问题，大理白族聚居区同样需要面对。洱海的污染已经成为一个需要高度重视的现实问题，有责任感的作家不会也不应该回避这样的问题。但散文是文学作品，它不能直接发表议论，必须通过形象化的描述来表现主题。作者作为一名大理白族文化人，对洱海环保中存在问题的严重性非常清楚，焦虑感也很明显。他认为：“善待环境，与自然和谐相处，不仅仅是现代人的一种文明方式、一种新的伦理观念，更是人类走出生态困境的必然途径。”他始终在关注洱海的变化，对蓝洱海和白月亮充满期待。“今年中秋，本想去洱海边走走，用新买的相机照一照洱海月的。可惜天公不作美，月亮躲起来了，躲进密密的云层里。她为什么要躲起来呢？这位大理人心中的白姐姐！”一个“躲”字，把月亮人格化，似乎天上的明月也在关注人间的生态。

从《蓝洱海白月亮》这一篇散文，可以体会到他写作上的特点，在对苍洱美丽风景的描写中，可以感受到作家敬畏自然、热爱生命、感悟生活的心灵，感受到他对养育自己的故土大地怀有深深爱意，所以对它存在的问题、现实中的发展变化，都怀有一份深切的关怀。

他的散文语言简洁而富有诗意，意境空灵，能为读者提供令人享受的审美空间。

动物小说家：杨保中

杨保中，生于 1950 年，原名杨葆崇，云南大理剑川人，云南省作协会员。其业余写作儿童文学，已经在《儿童文学》《少年文艺》《中国儿童文学》等全国性刊物发表作品近百万字，代表作有文集《闯入高原动物圈》。

杨保中著有多部以动物为主角的长篇小说，如《狼部落》《野狗雪斑》《野猪囚徒》《猴王三部曲》等，还有《借你一个微笑》入选年度文选、中小学教材及多种少年读物，深受少儿读者的喜爱。其作品以浓郁的边疆风味、深入细致的动物行为描写以及对大自然悲悯而深切的关注，赢得少年儿童的关注。

2015 年，杨保中以短篇童话小说《麂子的马樱花节》荣获冰心儿童文学新作奖。这篇小说以独特的构思，描写一位猎人进山猎取一头怀孕的母麂，给他五年没有生育的妻子做保胎药。结果却赶上麂子家族正举办庆祝小麂子出生的“马樱花节”，并受到麂子家族的盛情款待，喝了很多马樱花酒，中了麂子下的“蛊毒”。他没有开枪，反倒做了一回麂子尊贵的客人……后来他的儿子出生，还专门邀请麂子家族到寨子来参加火把节。小说体现了尊重生命、众生平等的理念，受到读者好评。

杨保中的长篇小说《狼部落》，讲述滇西老君山上生活着的一个以岩波为首领的狼部落，在这个狼部落里尊卑分明、强弱有别，生存竞争异常激烈。为了节省过冬的食物，狼王岩波残酷地赶走了地位低下的部下狼老四岩肘。为保存狼部落的有生力量，狼王毅然派它虚弱的伴侣作为攻击岩羊的诱饵。狼王岩波这些残忍的行为引起部落成员的极度不满，狼部落里发生了激烈的内讧，一匹强壮的公狼在这次内讧中丧生。在狼部落命运危急的时刻，已在垃圾场里感染上狂犬病毒的岩肘回到了部落，它的及时出现增强了狼部落的攻击力，然而灾难也随之降临。

《野狗雪斑》讲述在白哨口的林子里，活跃着一群被人们误解、歧视并抛弃的野狗。野狗们不屑于在人类的垃圾堆里扒食，它们学习狼的生存本领，体内蕴含的狼祖先的潜能一天天被激发出来。终于，它们攻击家禽、家畜，给生活在林子周边的人带来了不少麻烦。雪斑是一条优秀的牧羊犬，在它成为野狗首领前曾发狂地牧羊，为主人带来很多财富。《野狗雪斑》以明暗两条线索讲述野狗们特殊的生活，情节跌宕起伏，具有很强的审美效果。

《猴王三部曲》的内容尽显残疾蛮猴子与可怜母猪的亲情错爱，极尽笔墨地刻画残疾蛮猴子的大爱与献身精神，动物形象生动而独特，故事情节跌宕起伏。猴群的顽劣，导致其被突嘴野猪群出卖，后来猴群在竹林里受到岩豹黑影的捕杀。失去两肢的蛮猴子，却在母猪失子的情况下，被误认成猪崽子而被收养。爬行在地似猪非猪、似猴非猴的蛮猴子被自己的种群排斥和抛弃。后来，蛮猴子在关键时候意外回归，成全了猛猴王与雌猴子花儿的爱情。失去王位的残疾蛮猴子却以宽阔的胸怀牺牲自己成全了猴群。在动物的世界里，也有人间的悲情与哲理。

《何处家园》讲述由于干旱持续多年，老君山高山牧场的牧草枯死，人和动物即将失去共同的家园。牧人不得不将牛群赶到坝子里，依赖高山牧场为生的豺狗、狼、豹子也不得不随之大迁徙，另寻新的家园。狼群选择了下山，因为错误的选择，在与人类的斗争中很快走向灭亡；豹子选择了上山，它的选择似乎是正确的，然而那也只是暂时的；豺狗狡诈的生存方式让它们在受尽苦楚之后总能占到一些便宜，从而得以生存下去。然而，随着生存越来越艰难，豺狗和豹子、熊、老虎之间的生存斗争之残酷，超出了我们的想象。所有动物都以悲惨的结局收场，人类也没能幸免……

杨保中的动物小说，大多以他故乡滇西的自然生态为背景，尽情展示了大自然的壮阔美丽，各种动物在这个环境中上演悲欢离合的故事。他的小说既有生动的故事性，也有一定的哲理性，对读者有较好的启迪。

深入生活，扎根人民：景宜

景宜，生于 1956 年，女，云南大理人。1972 年参加工作，1982 年毕业于鲁迅文学院。其为中国作协会员，历任大理白族自治州歌舞团演员、创作员，中国民族音像出版社副社长，《中国民族报》社长助理，中国社科院少数民族妇女文学交流中心主任，中国电视艺术家协会制片委员会委员等多项职务。

景宜于 1977 年开始发表作品，1986 年加入中国作协。她著有小说集《谁有美丽的红指甲》，长篇报告文学《金色喜马拉雅》《节日与生存》《东方大峡谷》，电视剧剧本《茶马古道》《茶王》，散文集《茶马古道和一个白族女人》，长篇小说《白族世家》。小说集《谁有美丽的红指甲》及同名中篇小说获第二、第四届全国少数民族文学创作一等奖。她早期的小说一反以往文学作品中农村妇女的表现模式，以新的面貌和姿态凸显了当代白族妇女的生存境遇和精神世界。她笔下的白族妇女既有传统女性的温柔贤良，又对生活有以往不曾出现过的向往和追求。作家把握住在时代浪潮冲击下白族妇女在主体意识上觉醒后开始追求自我价值的实现，以及这一过程中展现出的丰富情感和面对传统艰难挣扎的心路历程，体现了景宜作为女作家鲜明的女性意识。

景宜长期深入生活，扎根边疆，创作了一批优秀的中短篇小说、长篇报告文学及影视文学作品，在国内外产生了广泛影响，为繁荣少数民族影视创作、促进民族文化交流做出了重要贡献。近年她创作出版了民族题材的报告文学三部曲《金色喜马拉雅》《节日与生存》《东方大峡谷》，为当代文坛奉献了新的审美内涵，也使自己的写作境界不断提升，表现视野更加开阔。

报告文学《东方大峡谷》描写的是云南傈僳族、怒族、独龙族的生活现状和历史发展。以 20 世纪 90 年代云南独龙江公路建设为主要线索，写出了将近十年中各民族人民为这条特殊公路的修建所付出的汗水和心血，从而结束了独龙江作为“我国唯一不通公路的少数民族聚居区”的特殊历史。作家的创作意图是希望通过这个历史性的事件，揭示出在中国这个民族团结的大家庭中，各民族共同发展、共同进步的主题。

2000 年，景宜创作出版表现纳西族东巴文化的长篇报告文学《节日与生存》，该书以“1999年中国丽江国际东巴文化艺术节”为主线，记录了古老的纳西族的历史、文化及生活场景。有评论称这部报告文学“通过对云南丽江少数民族群体的生命体验和精神追求的描述，探讨了传统文化在少数民族地区现代化进程中的作用和意义，呼唤人类对共同的精神家园的关爱与坚守”。书中景宜对民族节日的性质和意义作了诗性的升华，“如果没有节日，就没有民族文化的大集中、大传承、大扩散。如果没有节日，就没有生存与梦想，就没有创造与升华。”这体现出作家创作视野的高度。

2001年，为庆祝西藏和平解放50周年，景宜又创作了我国第一部全面描述藏医、藏药发展成就的长篇报告文学《金色喜马拉雅》。中国作协少数民族文学委员会、中共西藏自治区党委宣传部和作家出版社专门在人民大会堂西藏厅联合为该书出版举行了首发式暨研讨会。该书的意义已经超越了单纯的藏医、藏药题材，上升到对人类共同问题的关注的探讨。正如作家在书的开头所说的：“我举着洁白的哈达向你走来，请告诉我——什么是宇宙、人、生命的智慧之光？”书中以藏医、藏药为起点，对汉藏文化的交流、中国与世界的交流、人类物质与精神的关系等问题都有独到的认识和思考。

这三部长篇报告文学体现了景宜写作中视点的转移。特别是后面两部，在文学界产生了很大影响，获得读者和评论界的一致好评。作家已经从最初单纯写白族生活题材上升到对各民族文化交融的关注上，体现出超越和宏阔的人文视野。这几部报告文学奠定了景宜新时期写作的追求和目标——超越民族作家的视野，关注多民族的文化历程和生存境遇，发掘民族文化最深层的精华，为中华民族的文化复兴做出贡献。近十年来由她领衔创作的四部电视连续剧《茶马古道》《金凤花开》《茶颂》《丝绸之路传奇》中，有三部在央视一套黄金时段播出，连续荣获“五个一工程”奖。中国作协副主席李敬泽评价景宜和她的创作时说：“景宜多年来奔走于山野之间，奔走于各民族人民生活中，这样持之以恒地深入生活是少见的，深入生活、扎根人民是她充沛的创造力的源泉。”

短篇小说《骑鱼的女人》，发表于《民族文学》1982 年第 3 期。小说体现了浓郁的白族生活和民俗风情，对白族乡村女性的现实处境和精神追求有生动的文学表现。小说中的新娘子，结婚之前有开朗活泼的性格。她敢说别人不敢说的话，敢做别人不敢做的事，放鱼鹰这样的事也敢上前。甚至敢和欺负她的“巴巴鱼”动手，其性格非常鲜明。但是进入婚姻之后的她和结婚之前需要面对的问题，却在悄然之中发生了变化。甚至因为戴一朵茶花这样的小事，在村子和家庭中引发一场轩然大波，谣言像长了脚一般被到处传播。“爱美又好强”，是作家为这个新娘子设置的性格，她和一个外号叫“巴巴鱼”的女人在婚前婚后发生的两次冲突，也是她性格的具体体现。但是婚前的事似乎周围人都能谅解，而一旦结婚为人妇后，她身上发生的事便不再能得到谅解。人们换了一种新的目光和标准来对待她的行为，连丈夫也要求她“改改脾气”。

景宜小说中的主人公大多是生活在苍山下洱海畔的年轻的白族妇女，她们聪明、勤劳、美丽，有一颗孤独而不甘沉寂的心，不甘于按传统规定好的模式去做人。这在 20 世纪 80 年代是一种大胆的文学追求，也正好契合那个时代的人文启蒙精神。但这种精神追求体现在一群乡间妇女身上，却是作家对女性生命的大胆赞美，也是其理想精神的体现。作家让笔下的女性形象站得比普通妇女更高，执着地寻找着自己做人的价值和意义。她们虽然不可能像城里的知识妇女那样能大声疾呼女性的独立和权利，却凭着本能觉出人生不应该只是“这样”，并与传统规矩进行大胆抗争。

著名作家冯牧曾经这样评价：“景宜小说的突出特点在于它强烈的女性色彩。当然这不仅仅是她小说中的主人公大多是女性的缘故，还是在那一组组错综复杂的矛盾事件和一个个性格迥异的妇女形象背后所浸透的女性意识——女性对于这个世界的独特的认识方式。”

用生命吟唱故乡：苏金鸿

苏金鸿，生于1956年，云南大理人，出生于洱海边一个白族农家。笔名洪海、白蛮。其为云南省作协会员，《大理》特约编辑。在《民族文学》《中国青年报》《星星》《丑小鸭》《芒种》《诗林》《边疆文学》《滇池》《词刊》《歌曲》等报纸杂志发表各类文学作品400多万字，在港澳台地区发表诗歌和文学评论200多首（篇）。

苏金鸿从1998年8月至今创作出版了多部文学著作，其作品多次获奖并收入各类文学书籍。中篇小说《河滨北路九号》入选《中国小说家代表作选》，诗歌《洱海边》入选《新时期中国少数民族文学作品集》，短篇小说《锈刀》入选《新时期云南少数民族文学作品选》，诗歌《玉石》入选台湾《葡萄园50年诗歌精品集》。短篇小说《心醉》获《小说选刊》、茅台集团“茅台杯”奖项，小说《本色》获中国小说学会短篇小说二等奖，中篇小说《河滨北路九号》获得中国小说学会小说优秀奖，歌词《泸沽湖》获中国音乐家协会“晨钟奖”。云南文艺网文学专栏将长篇小说《九龙洲》和《大理公主段宝姬》作为文学读本进行推介和宣传。中篇小说《金江1936》被改编为同名电影，作为重大革命历史题材、云南省重点文艺作品和全国青少年爱国主义教育电影在全国上映。

诗歌《洱海吟》是对故乡的礼赞。这首诗的基调是对母亲湖的热爱和赞颂，但不是空洞的赞美，而是把自己生命成长中的细节和片段描写出来，让这份热爱有了依附。

诗的前半段主要写洱海和诗人生命成长的密切关系，洱海是成长的摇篮，是故乡的精神符号。所以诗人在诗中，以依恋母亲般的情感表达着对它的爱恋，尽情抒发着对它的热爱与赞美。无论如何，生活都在发生新的变化，希望是最美的洱海浪花。面对母亲湖洱海，诗人的心绪起伏变化，激情澎湃。

后半段显然暗示着时代的转折和变化，父辈经历过的艰辛、耗尽的汗水，在新一代身上有了转机，新的时代带来新的理想和希望。昨天的唢呐只能吹出“遥远的忧伤之歌”，今天的洱海海面已经扬起理想的风帆。历史和现实，在诗中巧妙地交织在一起，互为映衬。

长篇小说《大理公主段宝姬》讲述了元代云南大理第九代总管段功在鄯阐（今昆明）通济桥头被梁王谋杀后，引发的一系列江湖恩仇。段功的女儿段宝姬，身为一代剑侠才女，其手中的女儿剑尽杀人间可恶之徒，尽泄世间莫大的仇怨。与宝姬同时代的大云、无极、达果、继白、安道、桂楼，被世人称为“南中七隐”。历史上确有这些人，他们因与宝姬有深入交往而参与梁王与段家的争斗杀伐，演绎了一段令人扼腕叹息的传奇故事。书中的故事虽然离我们有数百年岁月，但透过历史的迷雾，小说为读者提供了一部云南元末明初的秘史。

另一部长篇小说《九龙洲》时间跨度 30 年，从 1919 年至 1949 年。小说描述的是白族资本家洪家、郑家三代人之间的恩怨情仇，上演了一幕幕惊心动魄、错杂纠缠的人间正剧，也是一部苍洱大地之间血与火的民族史演义。作品浓缩了云南近代史及风起云涌的滇西时代变迁所引发的翻天覆地的变革，描写了民族资本家、军阀、土匪、地下党、游击队以及洪家大院与郑家大院之间的悲欢离合的传奇故事。

诗人、评论家：栗原小荻

栗原小荻，生于 1964 年，诗人、评论家、画家，云南大理人，现居四川。其母亲为白族，父亲为锡伯族。身世坎坷、经历独特的他，自幼喜爱文学，十岁便开始习诗，于 1978 年开始发表作品，1995 年加入中国作协。

栗原小荻著有诗集《白马在门外》《背水历程》《疼痛》《血虹》，出版文论集《品格的较量》《栗原小荻文学评论选》等。长诗《我·

一捆干透的柴禾》《东亚圣马》《亡灵·铜镜和一个梦神》，短诗集《黄房子》《羊们》《河床》，引起评论关注。他与黄神彪共同主编反响极大的《中国皇冠诗丛》。栗原小荻的部分作品被译成英、日、法、德、意、西、韩等10余种语言，海内海外数十种范文选本和人物词典收入条目，并被部分高等院校编选载入中国当代文学史料和教辅材料。2004年12月转攻书画艺术。

栗原小荻虽然很小就离开白族聚居区，但是他对自己的民族有着深厚的感情。他曾说："我还不是一个伟大的作家，因为我尚未写出一部揭示我的民族最真实的生存状态的作品。所以，我总是忧郁。"他还说，文学批评、文学理论建设应"把文学和审美的视角对准中华各个少数民族，从他们身上发掘出既是原汁原味的，也是新颖新韵的，真正现代文明的征兆。"栗原小荻不止一次宣称以自己是位白族诗人和白族诗评家而自豪，他在自己的诗论中对本民族诗歌审美特性予以深入研究。

作为一名诗人，栗原小荻站在现代立场，对当代人的生命意识进行着严肃而认真的拷问，并试图通过自己的诗歌创作获得一种最具诗性的生存形式、象征意象的捕捉、生命意识的追问，对自身所带有的传统文化中的糟粕进行撕心裂肺地抗拒，使栗原小荻的诗拥有极强的先锋性和现代性。

《血虹》是栗原小荻历时3年完成的一部长篇诗歌，这部力作于1994年在《四川戏剧》发表后，立即引起文坛瞩目。1996年由成都出版社出版汉彝双语单行本。《血虹》的故事情节并不复杂，写海的女儿苔阿媛与山的儿子达尔辘的恋爱，然而透过这个故事，表达了诗人对人类命运的终极关怀，对人与人之间相亲相爱的大同世界的热切向往。

栗原小荻在《血虹》中一改过去的柔美风格和磅礴的气势，以深厚而强烈的文化生命意识重铸着自己的诗歌精神，并由此联结整个人类的文化精神和诗性灵魂。在《血虹》中，作者上下求索，追问“海”和“山”两种文化形成的历史渊源。整首诗，既是一种象征，又是一种隐喻，它表达了作者在重建民族精神、重构人类文化时的焦灼和热望。

评论界认为《血虹》，既是一曲壮美的爱情正剧，又是象征诗的典型范例。

中国作协编辑出版的《新时期中国少数民族文学作品选集·白族卷》收入其《云南秘境·题画组诗》中的两首。这是他为自己的画作“云南系列”所题的诗，体现了他所看重的“破败的茅屋”里溢出神性光辉的特色。它的“云南系列”是一个游子对故乡的问候，也是人与自然和宇宙完全相融的产物。他在《点苍山雪洞王国》一诗中这样写道：

小僧住寺庙，
大僧入殿堂，
不大不小游四方。
超级高僧住崖穴，
苍山雪洞为绝境，
自有天与地厚。

诗中以云南的事物为表现对象，着重展示其充满神性的一面，同时体现了诗人对宗教、哲学等问题的思考与感悟。

栗原小荻是一位颇具传奇色彩的“多栖”艺术家，他不仅在诗歌、书法、绘画等领域硕果累累，而且在理论批评上颇有建树。致力于中国当代文艺批评理论的本体和中国当代少数民族文学书面创作的栗原小荻，始终站在少数民族文学立场构建自己的诗学思想体系，其中不乏理论新观，彰显了少数民族诗学思想特质。

独特的地域风貌：赵敏

赵敏，1965 年 2 月生于大理云龙县一个白族家庭。其为云南省作协会员，大理白族自治州作协副秘书长，20 世纪 80 年代开始文学创作。至今，计有近百万字的散文、小说和评论在全国和海外的报刊发表。他的作品被《小小说选刊》《读者》《中国剪报》和《参考消息》等报纸杂志转载。

赵敏的作品集《流年》出版后引起广泛关注。他的作品从对生命个体生存境遇的思考，对人间真情的呼唤，理性关照人文情怀等几个方面揭示了作家的人文情怀，并能上升到哲学高度体现出散文的美学意义。研究者邓家鲜认为，赵敏的散文在主题确立与表现方式、审美观点与思想情趣方面，都充分地表现出其独有的个性特征，使其在艺术内涵上呈现出心灵化、生活化、本土化的特色，呈现着感性与理性深度交融。比如他的《山地向日葵》这篇散文，写故乡山地中有各种各样的农作物常常以扑面而来的群体阵势打破山间的宁静，但"向日葵开放在我的整个少年时代中。它们那浓重的金黄和那争先恐后，款款向着蓝天白日的花腮最是牵引起山地少年心底那无名的惆怅。原来生命竟可以如向日葵这般张狂和炫耀，少年的生命也应该是像葵花一样在金黄的火焰中燃烧吧"。这样的描写，使故土的变化和变化过程中所依循的逻辑有了深刻而独到的见解。

出生于民风淳朴、民俗浓厚的滇西大理云龙的赵敏，在从事文学创作时，自觉把民族的历史文化、民俗风情融入作品，使他的散文体现出独特的地域风貌以及白族民间的生活氛围，具有鲜明的民风民俗的文化色彩。比如，赵敏的散文擅长对故乡白族民俗文化及特定节日进行书写，在充满诗意与民间元素的叙事中，表现山地白族的生活状态以及作者对生命存在的自然状态的审美，从而形成自己的散文风格。

讴歌怒江之美：张建梅

张建梅，生于1965年，笔名阿普依玛，中国少数民族作家学会会员，云南省作协会员。她出版有文学作品集《荡起幸福的秋千》《我的海在天空》等。主要从事诗歌和散文的写作，作品发表于《民族文学》《西部散文选刊》《边疆文学》《边疆文学文艺评论》《边疆文学百家》《云南日报》《滇池》等刊物。诗歌《登茶山栈道》获全国诗歌征文大赛优秀奖，诗歌《佤山》获滇西文学奖，散文《有一种味道》获云南省读书征文大赛一等奖。

张建梅曾担任怒江傈僳族自治州文联主席，主编并出版文集《给生活一个微笑》《父亲的太阳窝》《怒江中短篇小说集》《怒江傈僳族作者文集》等。在怒江傈僳族自治州成立60周年之际，张建梅发表诗歌《怒江，您好！》，抒发了一个白族女儿对怒江的一片深情。“六十年／记录历史变迁／承载千年跨越／昨天／阿妈寄托着美好的希望走了／阿爸背负着沉重的包袱走了／今天，我来了／接过那方未开垦完的土地／继续播种、施肥、耕耘、灌溉……”张建梅是生在怒江、长在怒江、与怒江一同成长和进步的少数民族干部、民族作家，她见证了怒江州的发展和进步。她的文学作品，也多是描写怒江的风土人情。比如《溜索边的记忆》就写了怒江边特有的溜索，也是作者对童年的回忆，有苦涩也有甘甜，是对人生五味的回味与思考。

《荡起幸福的秋千》共选编张建梅近年来创作的30多篇散文和50多首诗歌。作为生于怒江、长于怒江的本土作者，神奇美丽的怒江给了张建梅无穷的创作动力和创作源泉，因而笔尖所触及的，几乎无一例外都与怒江民俗民风有关。张建梅的文章文笔优美、感情真挚，字里行间流露出作者对生活工作的热爱、对怒江这片土地的深厚感情，以及对祖国和人民的由衷赞美，散发着浓浓的乡音和乡情。

她的散文《我在怒江等你》，通过对一群爱鸟人、拍鸟人的描写，以热情的笔触讴歌怒江美丽的自然山水，表达了自己对这片土地的热爱之情。她的目光还关注着这片土地上生存的各民族人民的发展与进步。“千姿百态、色彩斑斓的小精灵与高黎贡山融为一体，与拍鸟人的心融为一体，与美丽的怒江融为一体，无论立冬还是小雪、大雪，无论冬至还是小寒、大寒，高黎贡山怒江白水河鸟塘，依旧吸引着越来越多前来拍鸟、观鸟、赏鸟的国内外游客及摄影爱好者。鸟的魅力，绿水青山的魅力，也给三河村 12 个村民小组，320 多户农户，1 200 多名村民带来除了林下种植、养殖产业之外又一新的增收致富门路。”作者笔下的人物爱鸟、拍鸟、护鸟，为怒江发展带来了新的思路和视角。

兰坪“素心兰”：和四水

和四水，生于 1966 年，白族支系那马人，中国作协会员。他出生于怒江傈僳族自治州兰坪白族普米族自治县拉井镇长涧村。从小热爱文学创作，1984 年在怒江师范学校与诗友创办“米兰诗社”，自费出版《米兰》诗报。1986 年开始发表作品，在《怒江报》发表处女作诗歌《白杨树》。1997 年从师范学校毕业后，他自愿到福贡县利沙底乡（今石月亮乡）任教，又与爱好诗歌的朋友一起创立了“石月亮文学社”，开展文学创作活动。近年来，他已经在《民族文学》《文艺报》《中国民族报》《星星》《中国诗歌》《边疆文学》《云南日报》《中国文学》《中华日报》《乾坤诗刊》等报刊发表小说、散文、诗歌等文学作品 500 多篇。作品入选《中国诗歌：21 世纪十年精品选编》《那马人文学作品集》等 8 个选本。出版有诗集《闪动的泪花》《我在城乡的路口等你》《魂之秘》，散文集《三江之门》（合著）。

和四水是 2016 年 6 月鲁迅文学院少数民族文学创作第二十四期培训班学员，2017 年 8 月加入中国作协。小说《素心兰》获中国通俗文艺研究会首届“彩云杯”短篇小说二等奖，散文《你要唱曲绕路来》获云南省作协 2014 年“滇西文学奖”。此外，还获其他各类文学奖项 30 多次。和四水在县级文联主席的岗位上一干就是 18 年，开创了兰坪县文联工作的新局面。10 多年来，兰坪县文联年年被怒江州文联评为基层先进文联，和四水也年年被评为基层文联先进个人。

和四水的诗歌已经形成自己独特的个人风格。和四水的《邮票上的父亲》于 2019 年发表在《文艺报》，是一篇书写亲情的散文诗，角度独特，内容丰富，具有很好的审美效果。这篇散文开头描写了一个普通而平凡的父亲被印上邮票后的激动心情，接下来详细介绍了父亲被印上邮票的来龙去脉。2008 年，父亲节临近，“我”想送给父亲一个有纪念意义的礼品。正愁想不出一个好点子的时候，突然得知邮政局在搞父亲节纪念邮票发行活动，于是就为父亲申请了一套纪念邮票。这真是一个非常有创意的父亲节礼物！作者描写父亲收到礼物后的表情，用了“腼腆”这个词来形容父亲的惊喜。

“父亲爱邮票，爱到他的骨子里去”。下面作者用回忆的视角，写出父亲与邮票的久远关系。父亲可能没有想到，他自己热爱邮票、热爱生活的同时，也给自己的孩子树立了良好的榜样。理想之路就这样通过邮票在两代人之间建立起来，构思十分精妙。一个普通父亲由爱邮票到能被印上邮票，不失为一个梦想的实现，也体现了时代的发展与进步。《邮票上的父亲》构思精心，以邮票为线索串联起父亲的人生和时代的变迁。结尾处作者登上邮票上的长城，了却了父亲的心愿。

和四水的散文在书写亲情方面有自己独之处，自然、平和，娓娓道来。家庭琐事和时代发展之间，又能很好地结合为一体，互相交融。抒情委婉、节制，对父亲的爱没有空洞的话语，而是通过具体事例得到表现，情感朴实感人。

探索创作无止境：杨莉

杨莉，生于1966年，云南昭通人，毕业于中国传媒大学，中国作协会员，云南省文联委员。在《诗刊》《星星诗刊》《中国作家》《民族文学》《山花》《四川文学》《边疆文学》《滇池》等刊物发表诗歌、中篇小说多篇（首），在《中国作家》发表了长篇纪实文学《断裂带上的断裂》和长篇纪实文学《穿越乌蒙的爱》。

长篇纪实文学《断裂带上的断裂》发表于《中国作家》2015年第6期。在灾难面前，生命是渺小的！在灾难面前，人又是伟大的！《断裂带上的断裂》中，杨莉生动再现了鲁甸“8•3”地震灾难的惨烈，在家园顿失的废墟上，生命的坚韧顽强，众志成城抗击灾难的悲壮，人性中最美好的一面在作品中充分释放，人性之光照亮了灾区那破损不堪的大地，温暖着人心。作品描述了人在自然之力面前的脆弱悲壮，记录了在灾难面前人的伟大、生命的顽强。

2015年7月9日，《断裂带上的断裂》研讨会在北京举行，这是云南作家在国内一次高规格的文学研讨会。《断裂带上的断裂》以全景式笔触建构，从全新的角度切入，避开了同类题材的模式化处理手法，以女性独有的细腻敏感心理，深刻揭示了苦难大地上的人性光辉。

《断裂带上的断裂》所呈现的文学价值，可以用三句话来概括：思想没有断裂，精神没有断裂，细节没有断裂。作品展现了人民在大灾大难面前顽强拼搏的民族精神。杨莉的作品有社会担当的精神，体现了一个作家的使命和责任。

中篇小说《生死无界》，发表于《民族文学》2019年第8期，描述了一个士兵和一个排长之间那一个悲怆的生死之约。主人公是一个小兵，甚至连名字都没有，一场战争把他和排长的命运连在一起。在一次激战中排长牺牲了，他却活下来。令他一生不安的是，他是那次激战中全排唯一的存活者。战争结束后他主动要求来到烈士墓园做一个守墓人，用一生来守住他和排长的生死约定。

杨莉的小说，努力追求着对人性的深入开掘。

“追风逐梦”写怒江：彭愫英

彭愫英，生于1967年，网名沧江霞衣，白族支系那马人，中国作协会员，出生于云南省兰坪白族普米族自治县营盘镇西营村。先后创办《怒江教育》《怒江师范》《怒江民族中专》《怒江职教》并担任编辑或主编。近年来出版长篇小说《枣红》、中短篇小说集《古道碎花》，以及散文集《盐马古道》《兰馨一瓣为你开》《追风逐梦》《怒江记》等多部。

长篇小说《枣红》讲述了地处滇西北的怒江傈僳族自治州建州近60年来发生的巨变，以主人公兰儿、柱子的感情纠葛和创业历程为主线，通过兰儿、柱子、树仁、红梅四家人命运的大起大落，反映了世居怒江大峡谷的老百姓审美观念的转变。《枣红》中还书写了白族支系那马人、勒墨人的生活，对这两个鲜为人知的白族支系的民族风情作了生动展示。

散文集《追风逐梦》获第三届叶圣陶教师奖图书类提名奖，收录80篇散文作品，分别由“石镜照心”“漂流心瓶”“香心一瓣”“心洁如荷”四辑组成，是作者在采风途中所见、所闻、所感的情感浓缩，既有对云南边地美好风光的赞颂，也有对勤劳质朴的云南人民的赞颂，更有对自我心灵、人生心路历程的点滴回忆。文集中的篇章，有叙事散文、抒情散文、写景散文和哲理散文，包括美文、游记、小品文和随笔，多角度展示云南的壮美风光和人文风貌。该作品融入地方历史文化，真实而又艺术地再现人物形象，于世态风情里歌颂纯真美好的亲情、友情、爱情，鞭挞假丑恶，赞扬真善美，讴歌勇于担当的精神，描述多民族地区民族团结、和谐共居的真实生活，深切感受老百姓的朴素感情和勤于劳动的美好情怀，彰显民族精神。

散文集《怒江记》获中国作协2016年度少数民族文学重点作品扶持项目，共收录35篇稿子，以非虚构散文的方式，以盐茶古道为主线，展示瑰丽多彩的民族文化，抒写一方风土、一方人文，讴歌民族精神，揭示个人命运与怒江红土地、祖国命运息息相关。《怒江记》分两辑，上篇以盐马古道为线索，多方位反映怒江傈僳族自治州兰坪白族普米族自治县的社会历史文化；下篇以茶马古道为线索，多方位反映怒江傈僳族自治州边境县泸水县（现泸水市）、福贡县、贡山独龙族怒族自治县的社会历史文化。此文立足怒江，以反映“一带一路”沿线社会历史文化为宗旨，描写怒江百年历史变革中人文变迁、国家对西部扶贫力度加大后人的生活及精神面貌发生巨大变化的感人故事，歌颂劳动和劳动者，赞誉怒江人民坚贞如石的品格。

《赏荷五味》，选自散文集《追风逐梦》，由“听荷”“绣荷”“碎荷”“画荷”“藏荷”五个小节组成。她选择“心洁如荷”为散文集的最后一辑命名，透露了她对人生品质的追求，感悟到了自由对心灵的可贵。从单纯地热爱文学走上写作之路，到对散文写作有理性的思辨和追求，这也是彭愫英在散文写作上能获得提升的重要基础。

散文承载了作者的理想、追求、欢乐、痛苦，她以敞开的方式传递着灵魂的波动。主体精神在场的写作是真诚的，彭愫英不但把自己生活的诸多场景展示给读者，还敢于在文字中大胆袒露灵魂。

文学上的多面手：杨义龙

杨义龙，生于1971年，笔名一苇，中国作协会员，大理白族自治州文艺评论家协会主席、大理白族自治州作协副主席、《大理文化》杂志社副社长。多年来杨义龙在文学领域辛勤劳作，著有长篇小说《遥远的部落》《桃李春风一杯酒》《喜鹊窝的秋天》《小河淌水》《寒城》《洱海祭》等多部作品。

在创作长篇小说的同时，杨义龙没有放弃中短篇小说、散文、诗歌和文艺评论的写作。他创作有短篇小说《桃花坳》、中篇小说《暮色中的马群》、短篇小说《子河茶街》以及散文《妙香》《无为晚钟》等多篇，另有文艺评论《多元文化聚合碰撞下的女性突围》《地球褶皱中的生命交响》《乡土的凝视与守望》等，杨义龙是文学上的多面手。

长篇小说《遥远的部落》，2001 年曾在《春城晚报》连载，后来由云南人民出版社出版。这部小说描述的是公元 737 年至 738 年间，蒙舍诏首领皮逻阁在唐王朝的支持下，先后灭掉洱海流域五个大的部落，被唐玄宗封为“云南王”的一段史实。作者选取历史的一个横截面,集中紧凑地写了一年间的战事,并以当代视角回望历史,其手法借鉴了通俗文学的表达方式,也有个人的严肃思考。小说在《春城晚报》连载后，受到读者欢迎。

长篇小说《喜鹊窝的秋天》被评为全国第四届“关注森林”文化艺术奖一等奖。这部小说以大学生返乡创业为主线，再现了西部贫困山区的变迁。故事以核桃产业发展为背景，演绎了一个山村的变迁，展示了中国西部山区农民生存方式的转变，贫困的小山村如何从童山秃岭变为山清水秀人安康的富裕村寨，其中凝结着三代人的智慧与汗水，还有他们的生活，他们的爱情，他们的悲欢，他们的抗争。为了写好这部小说，杨义龙专门深入漾濞彝族自治县的村寨体验生活四个月，搜集了大量鲜活的素材。在国家尚未提出“脱贫致富”“乡村振兴”等理念之时，《喜鹊窝的秋天》起到了“先行者”的作用。在《喜鹊窝的秋天》中，情节不再是简单地为故事服务，而是在为人物的塑造而运行，这是杨义龙在继《遥远的部落》和《桃李春风一杯酒》两部长篇小说之后，创作上所达到的一个新的高度。

2013 年，杨义龙创作的第五部长篇小说《云开雾散》是一部信访题材的小说，这是个比较陌生的写作领域。为了写好这部长篇，杨义龙深入各县（市）、乡镇进行三个多月的采访，获得大量第一手素材，他将素材加工提炼后写成报告文学《大理信访备忘录》，并在此基础上进行长篇小说的创作。这部小说旨在宣传各级信访干部的艰辛与群众信访得到解决的过程，从正面宣传了中国共产党和各级政府对于基层百姓疾苦的关注。

2016年，杨义龙出版长篇历史小说《洱海祭》，他将大理洱海地区家喻户晓的南诏崛起、火烧松明楼、六诏一统等历史故事重新进行文学的演绎。以武侠小说的叙事形式，叙写了主流历史之外边缘缝隙处的野史逸闻、民族往事和民俗传说。《洱海祭》的特立独行之处在于采用纯文学的创作手法写通俗演义。

《洱海祭》为中国少数民族文学重点扶持项目，并入选鲁迅文学院编的《中国多民族作家丛书·第二辑》，由作家出版社出版。作品以限知性叙述的视角，切入洱海流域的历史，有现场感和代入感。语言绚丽考究，将大开大合的时空纵深和开阔展现出来，是一部不可多得的少数民族长篇小说佳作。

与青春做伴，写校园情怀：刘永松

刘永松，生于1978年，笔名寒冰，云南大理鹤庆人，中国少数民族作家学会会员、云南省作协会员、云南省文艺评论家协会会员。其从小酷爱读书和写作，在高二时开始发表散文和诗歌，2000年大学毕业后到报社当记者、编辑。在《啄木鸟》发表报告文学《魂断花海》《追捕大毒枭谭晓林》，在《中华文学》《边疆文学》《山东文学》《云南警察》《文学天地》《螳螂川》及各大网站和公众平台发表多篇小说。有的小说入选《新时期中国少数民族文学作品选集·白族卷》《新时期云南少数民族文学作品选集·白族卷》，还有的小说被《百家》选载。2008年报告文学《爱的呼唤》获《云南警察》一等奖，小说《大学班主任》获《中华文学》杂志社2015年度“年度小说奖”。刘永松于2014年出版长篇小说《人生坐标》，2017年出版中短篇小说集《大学·拾梦》。

2009年进入高校工作后，刘永松开始诗歌、文学评论创作。上百首诗歌先后发表在《威宁诗刊》《中华文学》《少数民族诗人诗歌年选》《中国诗人影响女人专刊》《中国诗人影响》《中国乡土诗选》《七彩词花》《白族人眼中的大理》《乌蒙山》等刊物以及各大网站和公众号。多篇文学评论在《文艺报》《边疆文学·文艺评论》《中华少年》《文学界》《昭通作家》《云南文学研究会刊》等报刊发表，并于2016年4月出版研究著名诗人晓雪的专著《晓雪评传》。

长篇小说《人生坐标》是刘永松创作出版的第一部长篇小说。小说通过女主人公紫玫走出大学校门后的一系列曲折经历，生动形象地展示了当代青年的成长和奋斗之路。小说的主人公紫玫是一个“倔强的才华横溢的女孩”，她虽然从小就怀有当作家的梦想，但是在严峻的生存现实面前，这个梦想一直经历着“野火烧不尽，春风吹又生”式的涅槃。为了让她专心高考，父亲曾经一把火把她20万字的处女作化为灰烬，她的未来只能由家长和老师来设计。小说的叙述语言简洁、生动，体现了刘永松深厚的文学功底和驾驭文字的能力。小说虽然采用第三人称叙事，但仍然可以感受到强烈的主体意识。

《大学·拾梦》是刘永松多年来小说创作成果的集中展示，一共包括20部中短篇小说。作为一名高校教师的刘永松，她对校园题材情有独钟。这部小说集从不同角度展现了高校校园生动多姿的生活世相。刘永松以《大学·拾梦》作为这部小说集的书名，既体现了她对校园生活的熟悉，也透露了她把校园当成拾梦之地的浪漫情怀。她把关注的目光更多地投向那些充满青春气息的人物身上。作为一名具有现代意识的女性知识分子，刘永松的小说还体现了鲜明的女性审美意识，这体现在她既关注女性在现实中面临的重重问题，也在思考和传达自己的理想与生活态度——作者仍然保持着对浪漫诗意的追求，并未失去对理想的坚守。

和很多“70 后”作家的不同之处在于，刘永松的小说并不追求宏大意义的构建，也不迎合消费市场的需求，而是凭借自身独特的审美经验，构筑出日常生活的审美天地。这样的审美理想，包含着对人性美的肯定与珍视。她力图去发现人性的美好或者丑恶，剖析人性的复杂多变，小说中始终弥漫着一种热爱和关注生命的态度。她把目光投向生活的不同角落、不同人群，目的就是为了揭示生活的广度与深度，从而发现人性的弊病，表达自己的批判。

从打工诗人到“骏马奖”之路：何永飞

何永飞，生于 1982 年，云南大理鹤庆人，出生并成长于茶马古道上的一个小村庄，笔名菩禅子、呆小石，从事出版与传媒工作，为中国作协会员，中国少数民族作家学会会员，云南省作协会员，鲁迅文学院第八期少数民族文学创作培训班学员。

作品发表于《人民文学》《民族文学》《诗刊》《人民日报》《诗选刊》《北京文学》《扬子江》等报刊。作品曾入选数十种权威选本，多次获省市和国家级奖项。出版诗集《四叶草》《梦无边》，长诗《茶马古道记》，散文集《生命归位》。长诗《茶马古道记》为中国作协 2015 年度少数民族文学重点扶持作品，获第十一届全国少数民族文学创作“骏马奖”。

何永飞的出生环境和生活际遇注定了他比许多人成长的道路更加曲折、艰难，但他“鼓足勇气和信心，去与风雨战、与寒暑战、与挫折战”。何永飞学生时代就酷爱诗歌，从师范学校毕业前就自己编印了一本诗集《雨季轻弹》，受到师生们的一致好评。

他先后在多家报纸杂志上发表过上千首诗歌，出版过诗集《四叶草》和《梦无边》，以辛勤的劳动和创造精神引起文坛的关注。他的诗歌中对底层生活和打工群体倾注了关怀与热情，他还因此被称为“打工诗人”。他诗歌中弥漫的人文情怀和主体性，让读者领略了一个诗人对社会人生强烈的责任意识，也让更多的人对这位“80后”诗人的追求有了更具体的理解。

作为一名“打工诗人”，何永飞一直把文学作为照亮人生的火把，坚持从事诗歌创作。诗集《四叶草》就是根据自己刻骨铭心的切身体验写出来的反映弱势群体底层生活的作品。

何永飞的长诗《茶马古道记》，得到了中国作协的重视和肯定，并被列入2015年中国作协重点扶持的作品之列。《茶马古道记》是何永飞历时两年多，独自重走滇藏线和川藏线后创作而成。作品以诗人独有的情怀和视觉，去再现历史亮光，又不失对现实进行思考。这部作品不仅是作者创作道路上的又一个重要收获，也是我国各民族诗歌百花园中一朵独放异彩、亮丽夺目的奇葩。这部诗集的结构比较宏大。全诗分成四章，分别是“千年蹄印”“高原魂歌”“生命情弦”和“历史血脉”，以时间为经线，以历史中人和事的碎片为纬线，串联起一部关于“行走”的宏大诗学。

他在诗集中写《生命线》，写《祖师罗哥》，也写《马锅头传奇》，目的就是要在寻觅之中谛听到历史深处传来的云南人前进的足音。进入他视野的风景是驳杂而丰富的，他写《普洱茶的故事》《自然之子》《三江姐妹》等，抒发着对大自然宏阔气象的赞叹；在《从河谷到雪山顶》感受着山的性格、天空本色。他在展示《奔子栏，公主的舞姿》，目光也投向古茶树、神秘符号、石棺葬……一路行来，犹如电影镜头一般，从全景到特写，多角度地把茶马古道沿途的世态百相呈现给读者。

用诗歌寻根，寻茶马古道的文化之根，可以视为何永飞这部长诗的写作宗旨。何永飞写作这部长诗时，也在经历着精神的蜕变。他不是给历史拍照或者做简单的复原，而是先沉溺于历史，感受无数生命在时间中行走和开拓创造的历程，自己的精神也在经受着岁月的洗礼，然后向着一定的高度升华。他以《出拉萨》作为全诗的结束，从茶马古道的漫长历史中总结出两个关键的词语——“行走”和“使命”，二者注定都是永无止境的。

《茶马古道记》以其优秀的文本和创造性，获第十一届全国少数民族文学创作骏马奖。何永飞在获奖后的《创作感言》中说：“我曾一度迷茫，作为写诗者，应该以何种姿态现身和前行。直到再次亲近茶马古道时，我才了然和开悟，赶马哥就是我的典范。于是，我开始赶着文字的骡马，在生命的山水间行走，而茶马古道就成为我的首选之旅。”“创作《茶马古道记》，我就是想以赶马哥的姿态，把古道上的诗意、浓情、感动、美妙、圣洁等驮在文字的骡马之背上，然后翻过俗念之山、跨过恶行之水，去修复破损的人心和世道。我想，稍微停顿修整一下，我又得赶着我敬畏的文字，继续翻山越岭，向梦想的春天进发。”

《生命线》选自何永飞诗集《茶马古道记》。诗人的目光深邃而幽远，他看到“一片茶叶承载着一个民族的命运，一棵药材又承载着另外一个民族的命运，众多民族又承载着一个国家和一个时代的命运”。对生命的赞颂，是《生命线》这首诗的主题和基调。《生命线》构思独特，情感深沉，是一位“80 后”诗人对云南历史文化的崇高敬意，是对时间岁月的诗意回溯，也是诗人对文学梦想的一次大胆放飞。历史和现实交错呈现，体现了年轻一代诗人对历史的敬意。

遥望苍洱的祝酒辞：冯娜

冯娜，生于 1985 年，出生于云南丽江，毕业并任教于中山大学。冯娜主要从事诗歌创作，作品发表于国内外多家刊物，出版有诗集《云上的夜晚》《彼有野鹿》《寻鹤》，散文集《一个季节的西藏》等。她凭借作品获得过 2014 年度华文青年诗人奖、第二届奔腾诗人奖、中国“80 后”诗歌十年成就奖、十大新锐诗人之一、第十二届全国少数民族文学创作“骏马奖”等奖项。

生活在民族聚居区的冯娜有着多民族血统，虽然其民族成份是白族，但几乎不会讲白语。因为整天跟藏族小伙伴们一起上学、玩乐，幼时她能讲流利的藏语。冯娜小时候就喜欢写作，尤其喜欢诗歌。她一直认为“诗歌有直达生命本质的力量，它对善、恶本身不逃避、不粉饰，甚至不评判。诗人的工作不仅仅是坦陈和记录真实，要有展示、面对和理解真实的能力，以及沉思生命的智慧。”

冯娜一直坚持这样的理念：诗人的写作是自由的，要有方向，不应该被局限和暗示；它的根基在于人的灵魂，而不单纯在于一个人的民族。

冯娜有着浓郁的乡愁。在她心中，家乡云南是一片充满诗意、灵气、神性、巫气的土地。辽阔的自然风光、深邃的民俗文化，在潜移默化中滋养了其诗歌的生命。虽然她生活在广州，但是她从来没有和故乡分离过，它们化成诗意从她的指尖流出。她在《一个白族人的祝酒辞》中这样写道：“山上若是还有豺狼请它进屋 / 山上若是还有松茸菌请它烤火 / 山上若是还有听不懂汉话的人请他饮酒 / 我不知道你们在他耳普子山活了多少世 / 我也活成了一只没有故乡的猛禽，大地上的囚徒 / 请举起杯中的吗咖酒吧——水若是还向东方淌去 / 命运拿走的，他留河会全部还给我们。”

冯娜在某次接受采访时说道：“我早年的一些诗歌也许更多地倾向于对个人感情的梳理与重现。近年来，我将目光投向这些情感记忆在现实中的际遇、在人类命运中的共鸣、在时间中的恒定和变幻，试图获得一种更新的、富有洞察力和穿透力的眼光。”《一个白族人的祝酒辞》，可以视为这种追求的体现。

冯娜在诗中回望故乡的事物，它们代表着生命力与历史深度。他耳普子山、他留河、猛禽、豺狼……它们并不属于白族人的文化领地，但是却代表着诗人成长的心灵之乡，是一种文化交流的产物。

从日常到哲学：李达伟

李达伟，生于1986年，出生于大理剑川，现居大理，中国作协会员，大益文学院首批签约作家。有逾百万字的作品见于《青年文学》《清明》《大家》《美文》《散文》《青年作家》《西部》等报刊。出版有散文集《暗世界》《大河》《记忆宫殿》，其中《记忆宫殿》入选中国作协2019年度“中国少数民族文学之星”丛书。曾获云南省文学优秀作品奖、滇池文学奖、《黄河文学》双年奖、孙犁散文奖、第十二届全国少数民族文学创作“骏马奖”等。

李达伟是一位土生土长的“80后”白族青年。纵观李达伟“出道”以来的作品不难发现，几乎每一部都是作者在那片土地上生活和思考的记录，其内容都与那一片边地和边民紧密关联。《隐秘的旧城》写的是剑川县城老城；《潞江坝：心灵书》则把目光投向了云南省保山市潞江镇一带，他曾在那里教书数年，也正是从那里走上了文学创作的道路；后来的《暗世界》和《民间》，也一脉相承地书写着作者行走在云南大地上的所见所闻、所思所想。

长篇系列散文《暗世界》被列为中国作协2014年度少数民族文学重点作品扶持项目，该书最终被列入“中国多民族文学”丛书出版。这部散文集主要以写故乡为主体，包含了作者对人生的思考。作者透过许多日常的生活现象，进行哲学式的探索，使许多篇章充满哲理意味。文中的“暗世界”，具有一种象征意义，它是那些远离话语中心的偏远世界与角落的喻指。由于它们远离话语中心，所以在很多方面得以保留原始朴素而又绚烂多元的东西。作者努力在用自己的方式看这些世界与角落的过去、现在以及未来。正是这种庞杂的内容让作者着迷，他也看到了这些角落正在遭受外来事物的“入侵”，希望用散文实现为之“祛蔽”的目的。这部散文集里，很多内容看似是内心的自省，实则是对世间万物的悲悯。

长篇散文《大河》既具有田野调查的翔实和生动，又有诸多形而上的关于人生、存在、命运的思索。作者关注大河两岸的村寨，关注留守儿童和独居老人，这是现实的层面。依托于此，作者又进一步探讨了人们的精神世界，感叹传统文化的流逝、民间精神的消亡。而这些庞杂的事物，行之于文字，充满了诗性，像一条流淌的思想之河。

李达伟的散文《潞江坝书》，刊于《民族文学》2013年第5期。散文中展示了一幅全景式的边地风俗画。他把记忆深处的图案用文字勾勒出来，呈现给读者。他以敏锐的目光注意到，人们是以淳朴和隐忍来对抗“坚硬”的生活。

随着作者主体情绪的介入，潞江坝不再仅仅是个地名，而是一个与作者的生命、青春记忆有着纠缠不清关系的存在。李达伟作为一名老师，与潞江坝结下了一份情缘。在他的记忆中，往事是和地名紧紧相联的，它生动而具体，弥漫着成长的淡淡忧思。自然、村寨、人物，在作者的笔下获得生命，变得鲜活起来。可以看到在行走的过程中，作者的视野开始由自我转向他人，转向大地上的人和事。文中民族地区丰富多彩的风物，带给读者新鲜、生动的感受。

后 记

我对白族并不陌生，很早就从电影《五朵金花》中感受了大理自然风光的魅力，认识了这个能歌善舞的民族。在文坛也有很多白族朋友的作品让人印象深刻，比如晓雪、张长、那家伦、张乃光、景宜、杨义龙，以及更年轻的何永飞、冯娜、李达伟、刘永松等。他们的笔下都对白族的历史文化、民俗风情有生动的描写。

非常高兴能有机会编写《白族文学》，让我得以深入地了解白族的历史文化、文学发展过程，阅读到那些优美的作家作品。这是一种文化的学习和交流，让我收获颇多。

白族历史悠久，文化传统深厚，从古代开始就有自己的书面文学和作家作品。现当代文学中更是人才辈出，涌现出许多卓有成就的文人和作家。要了解白族的文学，先要进入他们的民间文学，了解白族先民用智慧创造的神话、传说、民歌，了解他们的世界观和哲学观。这个过程是非常愉快的，学习、交流可以促进各民族文学的发展进步。其实在我年少时，就曾经接触过一些白族的民间传说，比如关于剑川木匠的传说、大黑天神的传说等。如今再次阅读，仍然能体会到白族民间文学的独特魅力。

正是美丽的自然山水和丰富厚重的民族民间文学，养育了白族当代文学，涌现出那么多优秀的作家和作品。我阅读过他们的很多作品，还写过评论。上大学时我最早接触的云南作家作品，就有张长、那家伦的散文和晓雪的诗歌。20 世纪 80 年代我还一度非常喜欢景宜的小说，她鲜明的女性意识和生动细腻的文字表现手法，都让人留下深刻印象。

本书的编写得到了白族作家们的大力支持，编写过程中参考、引用了一些白族民间文学资料及白族文学研究专家的研究成果，在此一并致谢！

白庚胜、叶梅主编和杨玉梅博士对本书写作提出了宝贵建议，责任编辑杨正辉对本书作了认真细致的编校，都为本书增光添彩。

希望通过这本《白族文学》，让更多人了解、关心白族文学，祝愿在中国当代文坛涌现出更多优秀的白族作家和作品！

黄　玲

2023 年 10 月于昆明